真の仲間じゃないと
勇者のパーティーを追い出されたので、
辺境でスローライフ
することにしました9
Banished from the brave man's group,
I decided to lead a slow life
in the back country.9
ざっぽん
illust.やすも
JN092032

「ようやく会えた」
ヴァン・オブ
・フランベルク
もう１人の『勇者』。
魔王軍に故国を滅ぼ
された亡国の王子。
ルーティを倒すこと
に執着し、暴走する
『勇者』。

CONTENTS

Illustration：やすも
Design Work：伸童舎

真の仲間じゃないと勇者のパーティーを追い出されたので、辺境でスローライフすることにしました9

ざっぽん

角川スニーカー文庫

22731

Illustration：やすも
Design Work：伸童舎

CHARACTER

レッド（ギデオン・ラグナソン）

勇者パーティーを追い出されたので、辺境でスローライフをすることに。数多くの武功をあげており、ルーティを除けば人類最強クラスの剣士。

リット（リーズレット・オブ・ロガーヴィア）

ロガーヴィア公国のお姫様にして、元英雄的冒険者。愛する人との暮らしを楽しむ幸せ一杯なツン期の終わった元ツンデレ。

ルーティ・ラグナソン

人類最強の加護『勇者』をその身に宿すレッドの妹。加護の衝動から解放され、ゾルタンで薬草農家と冒険者を兼業し、楽しく暮らしている。

ティセ・ガーランド

『アサシン』の加護を持つ少女。暗殺者ギルドの精鋭暗殺者だが、今は休業してルーティと一緒に薬草農家を開業中。

ヤランドララ

植物を操る『木の歌い手』のハイエルフ。好奇心旺盛で、彼女の長い人生は数え切れない冒険で彩られている。

ダナン・ラボー

療養生活を終えて張り切る人類最強の『武闘家』。スローライフという概念が理解できない生粋の脳筋。

アルベール・リーランド

『ザ・チャンピオン』の加護を持ち、ゾルタンの英雄だった男。エスカラータの従者として行動している。レッド達の心強い味方の１人。

リュブ枢機卿（すうききょう）

聖方教会の最高幹部である枢機卿の１人。身長２メートルを軽く超える大男。勇者ヴァンの後見人となり野心を燃やす。

ラベンダ

小さな妖精。密林でヴァンと出会い、恋をして押しかけ同然にパーティーに加わった。自分勝手で人間に興味もないが、ヴァンだけは別。

プロローグ

勇者は迷わない

多くの兵士の屍を越えて、何度も死ぬような目に遭い、血を吐くような苦労の末に魔王軍から取り戻した国を、土の四天王デズモンドの参戦によりたった一夜で奪われる。

誰もが絶望する中、勇者ルーティだけはうつむかず真っ直ぐに前を向いて歩く。

「お兄ちゃん、次はどうやって取り返す？」

勇者は隣を進む騎士へ、そう問いかけた。

うつむく兵士と共に嘆くことも、彼らに前を向くよう励ますこともない。

ただ勇者は救うために行動する。

その姿は不撓不屈。勇者が歩みを止めることはない。

だから人々は勇者を求める。

辛さも苦しさも抱えたまま、思考の止まった頭で、感情の砕けた心で、それでもその小さな背中を追い続ければきっと世界を救ってくれると信じて。

勇者は迷わない。

迷ってはいけない。

生きとし生けるものすべてに加護が与えられるのなら、勇者は生命果てるその瞬間まで、どれだけ酷い裏切りにあっても、手足をもぎ取られても、大切な人を失っても……迷うことは許されないのだ。

「ああ、それこそが僕の役割」

勇者ルーティの物語を聞いた新たな『勇者』ヴァンは、その役割に心を震わせた。

「デミス様。僕はあなたの与えて下さった試練に感謝します。どうかこの体、この生命、そして僕と共に歩む仲間達……」

ヴァンはそう心から願う。

「僕のすべてが朽ち果てるその瞬間まで、『勇者』となった僕に試練をお授け下さい」

魔王の船ウェンディダートの船長室。

かつて先代魔王がいたその部屋で、持ち込んだ祭壇の前に跪き、『勇者』ヴァンはデミス神へ敬虔な祈りを捧げている。

部屋の外からは、モンスターに殺されて死んだ仲間へ鎮魂歌を歌う船員達の声が聞こえた。

その歌声は涙でかすれ、もしここにルーティがいたら悲しんだのだろうが……ヴァンは何も感じなかったし、死んだ船員の名前すら憶(おぼ)えていなかった。
勇者は迷わないのだから。

第一章　勇者対策

『勇者』ヴァンとその仲間達が南洋へ加護レベル上げに向かってから3日。

カランと音がして店の扉が開く。

「「いらっしゃいませ！」」

俺とリットは揃って声を上げた。

「よう、レッド！」

「なんだ、この間のハイエルフのねーちゃんはいないのか」

入ってきたのは、ハーフエルフの大工ゴンズと、ハーフオークの家具職人ストームサンダーの2人。

「レッドが留守にしてた間は薬が減っていたけど、随分品揃えが戻ったじゃねぇか」

ゴンズが棚を眺めながら言った。

「昨日山で集めて来たよ。調合する前に乾燥させないといけない薬草もあるから、品揃えがもとに戻るには、まだあと数日かかるけどな」

「へぇ、休み明けだってのに働きモンだなぁ、俺なら3日はダラダラ仕事するぜ」

ゴンズは二日酔いの薬を手に取りながら、ガハハと笑う。

隣のストサンは、そんなゴンズを白い目で見ながら同じく二日酔いの薬を手に取った。

「やっぱりレッドの薬が一番効くんだよなぁ。これで明日からの飲み会も安心だ」

ゴンズを白い目で見た割には、ストサンだってあまり胸を張れない理由で笑っている。

俺はそんな2人を温かい目で見てから、視線をそらした。

「それにしてもゾルタンに『勇者』がやってくるなんて驚いたぜ……最悪なやつだけどな」

ゴンズは風邪薬や消毒薬もいくつか買い揃えながら言った。

ストサンも「全くだ」と頷いている。その手には薬草クッキーの袋が3つ。

ヤランドララは薬草の効能には詳しいが、それらをスキルで調合して薬を作るのはまた別の知識だ。

これまで色々とやってきた甲斐もあり、俺とリットの薬屋はたくさんの人達が訪れるようになっていた。

セントデュラント村での休暇を終え、店に戻った俺とリットが見たのは、薬が売れてガラガラになった棚。

そして売り切れになっていた薬への予約の伝票がぎっしり詰まった引き出し。

売れたのも予約されたのも安価で緊急性の高い薬ではない。

それでも、俺とリットのお店で作った薬をこれだけの人が必要としてくれていることは嬉しかった。

「そうだ、明日はレッドも一緒に飲まないか？」

手にした薬をカウンターに置きながらゴンズが言った。

「休暇明けの飲み会だ」

「おー、そりゃいいな、旅行先の話でも聞かせてもらおうか」

ストサンも身を乗り出して同調した。

今の状況でなければ二つ返事で参加するところなんだが……。

「悪いな、また次の機会にしてくれ。今度は俺から誘うよ」

「ん、そうか、じゃあその時を楽しみにしているぜ」

ゴンズはあっさりとそう言って引き下がる。

相手に事情がありそうなら深く踏み込まないのがゾルタン人。

少しだけ何か言いたそうなストサンを、ゴンズは手で制しそして笑って言った。

「で、リットさんとの休暇はどうだった？」

他人の事情には踏み込まないが、下世話な話が大好きなのもゾルタン下町に住む住人達の特徴だ。

端整なエルフ顔にニヤニヤとした嫌らしい笑みを浮かべるゴンズ。

ストサンも後ろで腕を組んでニヤニヤしている。

全く……。

「それもまた今度、一緒に飲む時にでもブドウがワインになるまで語ってやるよ」

「ははは、楽しみにしているぜ」

ゾルタンは今日も平和だ。

＊　＊　＊

ゾルタン下町、ニューマン診療所。

「あ、レッドさん！　久しぶりー！」

受付に座って本を読んでいた看護師の少女エレノアは、俺の顔を見て愛嬌（あいきょう）のある笑顔を見せた。

「こんにちは」

「旅行終わったんだ、お土産は⁉」

「川魚の干物が少々」

「えー、先生は好きだろうけど私は甘いものがいい」

「そう言うと思ってリンゴジュースも一瓶」

「やった！」

　クスクスと笑うエレノア。

「滞在先の村で飲んだから、味は保証するよ」

「楽しみ、あとで先生と飲むわね」

　エレノアは受付の下にある籠へリンゴジュースの瓶と干物の入った包みを仕舞った。

　この診療所では支払いをお金ではなく、物でも受け付けており、籠の中には他にも肉や野菜、釘束や金細工など下町で作られている多彩なものが入っている。

「先生も、もうちょっと受け取る品物を選べばいいのにね」

　俺の視線に気がついたのか、エレノアは肩をすくめて笑った。

「この木彫りの人形なんて絶対診療代に足りないのに、いつも先生はそれで良いって言うんだもん」

「ニューマン先生は頼られているからなぁ」

「それにしたって……」

「あはは、いいんだよ」

　口をとがらせているエレノアを、穏やかだが芯の強そうな声が遮った。

「私の診療所は食べていくのに十分な収益はある。それにほら、その金細工なんて、診療代より高く売れそうだろう？」

「先生はいつもそうなんだから！」

白衣を着たニューマンは、エレノアの様子を見てカラカラと笑っている。

「なぁに、私や君が腹をすかせていれば、下町の皆は喜んで食事を振る舞ってくれる。皆が困っている時は私が助け、私が困っている時は皆が助けてくれる。ここは良い町だよ」

「それはそうだけど……！」

「さぁ、この話はお終い(しま)だ！　私はレッド君から薬を受け取らないといけないからね」

ニューマンはパチンと手を叩い(たた)て話を打ち切った。

エレノアはため息を一つ漏らし、やれやれという表情の内側で嬉しそうに笑ってから仕事に戻った。

普段からあまり真面目な勤務態度ではないが、エレノアはニューマンの医者としての在り方を尊敬している。

「さて、久しぶりだねレッド君」

「休暇で迷惑をかけて悪かった」

「迷惑だなんて、ゾルタンでは薬師も医者も、休みたい時はしっかり休むものさ」

「ニューマン先生は滅多(めった)に休まないじゃないか」

「私は医者という仕事が好きなんだよ」

ニューマンは怠け者の多いゾルタンで例外的な働き者だ。

それでいて堅物ということはなく、ゴンズ達と一緒に夜遊びすることもあるし、量は飲まないが実に美味そうに酒を飲む。

下町の人達から慕われるのも当然な人柄だ。

年功序列の順番がくれば、ニューマンは下町の代表としてゾルタン議会に入ることになるかもしれないな。

「……うん、薬は注文通りすべて揃っているようだね。去年は不足していたブラッドニードルも、今年は何の心配もいらなそうだ」

「今年は薬草もよく育っている。それに妹の薬草農園もあるから、薬草の在庫は十分だ」

「頼もしいね」

薬の確認を終えると、ニューマンは俺にコーヒーを一杯勧めてきた。

少し珍しい。

「ゾルタンのコーヒーはお世辞にも高価なものとは言えないが、私はこの味が好きでね」

「そうだな、素朴で口触りも良い」

俺達は白い湯気と共に立つ香りを楽しみながら、ゾルタンのコーヒーを飲む。

「……『勇者』ヴァンのことなんだが」

ニューマンはカップで揺れるコーヒーを眺めながら言った。

「レッド君は、彼を本物の『勇者』だと思うかね？」

「聖方教会のリュブ枢機卿が後見人となっていて、教父クレメンスからも正式に認められているくらいだから、複数名による〝鑑定〟も行われているはずだ。『勇者』であると嘘を吐き通すのは難しいだろう」

「ふぅむ……」

『勇者』ヴァンがゾルタンに行った侮辱。

また塩竜を呼び寄せ、あと一歩のところでゾルタンに壊滅的な被害を出すところだった。

説明を求められたヴァンは、自分の行為を隠すこと無く堂々と説明した。

『町を焼き払えば、ゾルタンの人々も魔王軍と戦ってくれるはずだ』

そう聞かされた人々がどのような反応をするのか、ヴァンには想像できなかったのだろうか？

枢機卿の後ろ盾があるため、直接ヴァンを害することはないが、ゾルタン人はヴァンに協力することに消極的だ。

まぁそりゃそうだとしか言いようがない。

ヴァンにとって幸いだったことは、ヴェロニア王国との海戦で失われた船の補充にゾルタン軍は中古の帆船を外国から購入し、その船を運んできた外国の船員が港にいたことだ。

蒸気で動く巨大な魔王の船ウェンディダートは、普通の大型帆船より少ない船員で動かせるようだが……具体的な数までは俺にも分からないが、あれほど巨大な船を動かすのにはやはり何十人と必要なのだろう。

港区で次の船を待って飲んだくれていた外国の船員達を集め、魔王の船は南洋へと向かうことができたのだった。

「おかげで港区の宿はどこも閑古鳥が鳴いているな」

「マナーの悪い客が多いって、うちに来る患者がぼやいていたからちょうどいいさ……ここだけの話、ぼやいていたのは宿のオーナーでね」

ニューマンは肩をすくめた。

「だがそんな彼らがリュブ枢機卿と同じ船に乗って酷い目に遭わなければいいが」

「……もしかしてニューマン先生はリュブ枢機卿と会ったことがあるのか？」

ニューマンはカップをテーブルに置くと、ふぅと息を吐いた。

「随分昔の話であるし、枢機卿にとって私は路傍の石程度にしか視界にいなかっただろうが……リュブ枢機卿がまだ若い異端審問官だった頃だ」

リュブが枢機卿になる前のキャリアは異端審問官だった。

リュブが異端審問官として活躍していた頃、俺はまだバハムート騎士団に入ったばかりで関わりを持ったことはない。

だからどのような異端審問官だったか俺は知らなかった。

「そうだね……一言で言うなら、話の分かる異端審問官かな」

「話の分かる異端審問官……か」

ニューマンの表情を見れば、それが良い意味で言っているわけではないということは分かる。

なるほど。

「それは良い暮らしをしていそうだな」

「ははは……」

リュブは、権力を使い賄賂を要求してくるタイプの異端審問官だったようだ。

悪意なく独善で人々を苦しめるタイプの異端審問官よりはマシだろうが……。

「私に医術を教えてくれた先生はとにかく貧乏でね……病気を治せれば治療費はあとでもいいという人だった」

「ニューマン先生があゝいうスタイルなのはその先生の影響なのか」

「むしろ先生の苦労を見てきたから治療費はしっかり頂いているつもりなんだけどね。先生がいつもお昼に食べていた豆のスープは、私にはとても食べられたものじゃなかったよ、あれに比べたら私は好きな時に好きなものを食べられているさ」

それからニューマンは表情を険しくした。

「貧乏だからね、リュブ異端審問官に渡せるものなんてなかったよ。それに先生は融通の利かない性格だったから、賄賂に使うお金があるなら病気を治すために使いたいと言ってしまうような人だった」

「それで睨まれていたのか？」

「ああ……他の医者がね、タダ同然で患者を治療する先生を良く思わなかったんだよ。彼らはリュブに賄賂を渡して先生を追放するよう依頼した」

「追放……」

「リュブは先生が治療費も受け取らず診療所を経営できているのは裏で麻薬を作っているからだと濡れ衣を着せてね。『医者』の加護を逸脱した行為であり、正しく導く必要があると先生を連れて行った……今でも私の記憶に焼き付いているよ」

「何をされた？」

「二度と薬を作れないよう両手を斬り落とされていた」

「……酷いな」

「これで『医者』の加護の役割である人を治療することだけに専念できるだろうと言われたね、先生の姿を見たときはキツかったよ」

「それで、その先生はどうなったんだ？」

「翌日、私が診療所に行った時にはもう町を出ていった後だった。机の上には酷く乱れた字で書かれた医術書を残してね……多分筆を口にくわえて書いたのだろう。全く、私は先生を心配していたというのに、先生はどこまでも『医者』だったんだ」

ニューマンが自分の過去について話をするのはこれが初めてだ。

……話したがらないのも当然だろう。

「今はどうしているのやら、生きていてくれればいいのだけど……実を言うとね、後に私がこのゾルタンに流れ着いたのも、もしかしたら先生もこの辺境へと来てはいないかと思ったからなんだ、残念ながら外れだったけれど」

そう言ってから、ニューマンはコーヒーを一口飲み、強張っていた口を緩めた。

「つい長々と話してしまったが、私が心配しているのは今の話だ」

「リュブ枢機卿と『勇者』ヴァンのことか」

「リュブは金のために罪もない人を罪人にできる男だ。そんな男が世界と勇者のために尽くすとは信じられない」

ニューマンはかつて恩師を破滅させたリュブが、このゾルタンの平穏も破壊しようとしているのではないかと考えているのか。

確かにそうなる可能性はある。

リュブは何もゾルタンを破滅させたいとは思っていないだろうが、ティセの話を聞く限り、ヴァンがこのゾルタンでどのような失敗をしても、それも経験になると考えているようだ。

辺境の小国がどうなろうと、大陸最大の組織である聖方教会の最高幹部枢機卿であるリユブにとっては些細なことというわけだ。

気に入らないな。

「レッド君は、あの日異端審問官から逃げることしかできなかった、ただの町医者である私とは違うのだろう？」

「……そうだな、確かに少しばかり腕に覚えはあるし、頼りになる仲間もいる……それに俺にはニューマン先生ほど病気の人を救うような力はない、だから違うな」

「……ならば私は医者としてここで最善を尽くすとしようかね」

「ああ、俺も俺のできる最善を尽くすと約束する」

「ありがとうレッド君。私はどうも弱気になっていたようだ」

ニューマンはそう言って笑った。

張り詰めていた気持ちも緩んだようだ。

俺も笑って言葉を返す。

「あと俺には可愛い恋人がいるけど、ニューマン先生は独りというのも違うところだな」

「ははは……全くレッド君は……一発殴っていいかい？」

ゾルタンの昼下がりらしい、楽しい会話をしながら俺達は笑う。

いつか俺もニューマンに医術を教えた先生に会ってみたいと、そう思った。

＊　＊　＊

腹痛を訴える患者と入れ替わりで俺は診療所を後にした。

道端に立つハイノキの白い花がもう散り始めている。

草木は春の色から夏の色へと変わりつつあった。

夏が来るのはまだ少し先だが、今年は例年より暑くなるのかも知れないな。

そうなればゾルタン人達はみんな怠けてしまうだろう。

「配達4件大至急だ！」

「はい!!」

染め物屋の店主とその子供が叫んでいる。

14歳くらいの少年は、大きな箱を背負いフラフラとした足取りで駆け出していった。

俺よりも長くこのゾルタンで暮らしている人々だ。

今年の夏は仕事なんてやっていられないことを予感しているのだろう。

今のうちに頑張ろうと皆張り切っている気がする。

「今月中に加護レベル4に到達しよう！」

「「おおー!!」」

3人組の冒険者が気合を入れながら歩いている。

ふむ、『闘士(ウォーリアー)』、『僧侶(クレリック)』、『職人』のパーティーか。

本業は別にある兼業冒険者なのだろう。

仕立て直した中古の鎧(よろい)を着た彼らは、意気揚々と町の外へモンスター狩りへと向かっていた。ドラゴン襲撃からまだ日も浅いというのに、タフなのか呑気(のんき)なのか。

「それがゾルタンの良いところだな」

俺は口の中でそうつぶやいた。

「ええ、私もそう思うわ」

そう答える声があった。

「ヤランドララ」

「こんにちはレッド！　そろそろあなたと話がしたいと思っていたの！」

花のように笑うハイエルフのヤランドララが、そこに立っていた。

＊　　＊　　＊

夕暮れ。レッド&リット薬草店。

「ありがとうございました」

最後のお客を見送った後、俺は店を閉めた。

「売れたなぁ」

今朝も結構補充したはずなのだが、薬棚はまたスカスカになっている。

今日は徹夜して薬を用意するとしよう。

明日はルーティの薬草農園にも行かないとな。

「うん、来て。私の農園はとても元気、お兄ちゃんの役に立てる」

ルーティは俺の隣で、俺の真似をして腕を組んでウンウンと頷きながら言った。

「明日の予定も決まったところで……」

俺は背後を振り返る。

「集めた情報の報告と、勇者対策会議といくか」

今、俺の店にいるのは、俺、リット、ルーティ……。

「よーし、どうやってあの勇者野郎をぶっ飛ばすか考えようぜ！」

「戦わずにゾルタンから追い払うって話でしょう」

「どちらにせよ厄介な相手です」

ダナン、ヤランドラ、ティセ。

かつて勇者だったルーティと共に戦った仲間達が集まっていた。

「ディテクトマジック」

ヤランドララの魔法が周囲に広がる。

「覗き見や盗み聞きはないわ」

「魔法を使わず隠れている者もいません」

ティセも続けて言った。

ヤランドララの魔法とティセの知覚能力を同時に欺ける人間はいないだろう。

＊　＊　＊

俺の家の居間。

蠟燭の炎に照らされた部屋に、６人の英雄達が座っている。

「まずは最終確認だ。『勇者』ヴァンの一行以外で、このゾルタンには『勇者』ヴァンのバックアップをする教会の手勢はいないな？」

「ええ、間違いないわ」

ヤランドララが答える。

他の仲間達も頷いた。

「リュブ枢機卿は、自分と教会から持ち出した資金があればゾルタン聖方教会や冒険者を手駒として使えると思っていたみたいですね」

「すべての宿を調べてみたけど、それらしい旅人はいなかった」

ティセとルーティが言った。

「そんなやつらがいれば、俺とヤランドララがやりあっていた時に顔を見せているはずだしな」

「私も冒険者から話を聞いてみたけど、ウェンディダートの船員の募集は最初Cランク以上だったんだけど、集まりが悪いと見て、Dランク冒険者まで条件を緩めたみたい」

ダナンとリットもそう答える。

「使える人間が他にいるなら、そこまで必死に冒険者を雇う必要もない」

これは間違いないだろう。

「ヴァン達だけに集中すればいいのはやりやすいな」

「教会の精鋭は侮れないからな」

アヴァロン大陸最大の組織である教会は、それだけ優秀な人材を揃えている。

あのテオドラだって、仲間になる前は教会の槍術(そうじゅつ)師範代であり教会最強の戦力ではなかった。

魔王軍との戦いで成長した今のテオドラに匹敵する者はいないだろうが、軽く考えていい相手ではない。

「勇者の手柄をリュブ枢機卿は独占するつもりなんだろうな」

「何にしろ、私達にとっては好都合だわ」

リットの言葉に俺も頷く。

「では『勇者』ヴァンの仲間達についてか」

「テオドラ……じゃなかった、エスタから貰った情報も踏まえて、まず分かっていることを整理しようか」

リットが3枚の紙をテーブルに置いた。

それぞれの紙には、ヴァンのパーティーメンバーの名前と人相書きと経歴が書かれてある。

「ちなみに人相書きは私の作です」

ティセが小さな胸を張って言っている。肩のうげうげさんも自慢気だ。

確かに良く描けている。ティセは温泉をレビューしたり、本を書いたりと不思議な特技がたくさんあるなぁ。

ティセのおかげで、俺の中にあった暗殺者のイメージは大きく変わってしまった。

妹の親友は面白くて魅力的な性格をしている。

「まず『勇者』ヴァン・オブ・フランベルク」

リットの指が凛々しく無邪気そうな表情の少年が描かれた紙を指す。

「魔王軍に滅ぼされたフランベルク王国の王族最後の生き残り。王位継承順位が低く、幼い頃からアヴァロニア王国の修道院に預けられていた。フランベルク王は息子を聖職者にして教会との関係を強化しようとしていたようね、それが幸いして戦火を逃れた」

「修道院育ちか、俗世のことには疎そうだな」

修道院。

聖方教会という巨大組織は、俗世の権力と深く付き合わなければならない。

そこで神の法のみを実践するような生き方は難しく、どれほど敬虔な聖職者であっても人の法のために神の法から外れることも必要となる。

神の教えを人々に伝える説法にしたって、ただ神の法を読み上げるだけでは人々の支持は得られない。人々がどのように暮らしているかを知り、何を望んでいるか想像して、どうすれば伝わるのかを考えなければならない。

そうして神の言葉は、聖職者の考えた人々のための言葉へと変わる……少なくともそう考える聖職者の一団がいた。彼らが作ったのが修道院。

修道院は、一般教徒に開放されていない。

俗世に惑わされることもなく、人々のために神から遠ざかることもない。

ただ神のために生きる家を作るという目的で設立されたのが修道院。

修道院で暮らす聖職者達は修道士と呼ばれ、神の法を体現することだけを考えて生きていく。

まぁその修道院だって、設立から長い年月を経た今では教会の権力闘争に無関係ではないのだが。

「ヴァンの持つ信仰心は、幼い頃から暮らしている修道院で培われたものだろう。フランベルクの上級貴族には、自分の子供を自分で育てるということは恥だという思想がある。育児と教育の専門家にすべて任せるのが文武の国フランベルク流だな」

「そんなことだから、あの国の貴族は家族同士での争いが多いんじゃないの？」

「さあな、俺もフランベルクで暮らしていたわけじゃない、他国のやり方をとやかく言えるほどの知識はないさ」

「でも私は自分でしっかり育てたい！」

「それは俺も同じ気持ちだよ」

「えへへ……」

リットは首のバンダナで緩んだ口元を隠した。

ロガーヴィア公国のお姫様であるリットは笑う時に口を隠す癖がある。

その仕草がまた可愛い。

「おほん」

ヤランドララがわざとらしく咳払い（せきばら）いした。

いけないい、つい話が脱線してしまった。

リットは顔を赤くしながら、ヴァンについての話に戻る。

「……ヴァンの経歴について分かっていることは少ないわ。フランベルク王室からアヴァロニアの修道院へ送られそこで育ち、ほんの数ヶ月前、冬の頃に自分は『勇者』であると言い出し聖地ラストウォール大聖砦(だいせいじょう)に現れた」

「そこでリュブ枢機卿と出会ったのか」

「ええ、門番に追い払われても野宿をしながら何日も門の前に居座っていたそうよ。それを見かねたリュブ枢機卿が門の中に招き入れ話を聞き、そこでヴァンが本物の『勇者』の加護持ちだと気がついた」

「枢機卿になれるのは『枢機卿(カーディナル)』の加護持ちだけだ。『枢機卿(カーディナル)』には『賢者』や『聖者』のような加護を見抜く〝鑑定〟スキルはない。会話だけでヴァンが『勇者』だと確信できるのだろうか」

俺の言葉に、リットは腕を組んで考え込む。

「『勇者』が実在するかどうかも定かではない伝説だった頃と違って、『勇者』ルーティという本物の『勇者』を見た後なら、もしかすると分かったのかも」

「ふうむ……」

最終的には聖地にいる〝鑑定〟スキル持ちの『聖者』に調べさせたのだろうが、俺のイメージするリュブは、確証もない少年の言葉を信じて『勇者』であることを証明しようと

するタイプには思えない。

「教会から認められた後はひたすらモンスターを狩って加護レベル上げか」

ダナンがヴァンの経歴の最後を眺めながら言った。

「その際に結構な数の仲間を失っているのね」

「リュブが用意した教会の戦士達か。仲間が死ぬのには慣れっこってことか」

「『勇者』の加護は仲間を見捨てられないはずでしょ？　こんなに多くの死者が出ているなんてことある？」

ヤランドララは不思議そうだ。

「優先順位の問題だな」

俺はヤランドララの疑問に答えて言った。

「優先順位？」

「ああ。たとえばルーティは何度も戦場に立っているが、兵士達が殺されるのに振り回されて、戦えなくなったことはないだろ？」

「そういえば」

「『勇者』の役割である世界を救うのに必要な犠牲だと割り切れば衝動は起こらない。兵士一人一人の死で行動不能になっていたら世界は救えないからな」

「でもヴァンの仲間は普通のモンスター狩りよ？」

「ヴァンはモンスター狩りにおいても、自分の仲間が死ぬことは必要であると認識しているんだ。『勇者』を成長させることは仲間の命よりも重要、そう心の底から思っていれば『勇者』の加護は仲間を見捨てることを許すだろう」

「納得できない！」

「加護について知れば知るほど納得できないことばかりでてくるよ」

俺は苦笑する。

加護は神が作ったもの。

人の法では納得できなくても、神の法ではそれが正しいのだ……だけど俺達は人間だ。

「ますますムカつくぜ」

ダナンは拳を握りしめ憤る。

怒りで血管の浮かんだ顔は、並の冒険者なら見るだけで卒倒してしまう迫力があった。

「そんな奴が『勇者』でいいのかよ！」

「神が選んだことだ、それに加護の役割と実情が合わなくなることは珍しくない」

「だがよりにもよって『勇者』だぞ！」

少し驚いた。

ダナンは魔王を倒す一番の近道だからルーティの仲間になったと、言っていたはずだ。

だが、今のダナンの言葉から感じるのは、『勇者』という存在に対する強い思い入れだ。

「気持ちはよく分かるわ、でも落ち着いて」

ヤランドラがダナンをたしなめる。

しかし、その言葉にはダナンに対する深い共感が見えた。

個人に世界を背負わせる『勇者』というシステムを否定していたヤランドラが、だ……。

俺の顔を見て、ティセが微笑んだ。

「あの頃のルーティ様は私達のことを見ていなかったのでしょうが、ルーティ様の姿を私達は見ていました。あの姿を見て感じるものがあったからこそ、魔王軍を倒して世界を救うなんて絶望的な旅を続けられたんです」

「……そう」

『勇者』を嫌っているルーティは複雑そうな表情をしていたが、だが悪い感情だけではない。

いつかあの旅も思い出になる日がくるのだろう。

そうあって欲しいと俺は思っていた。

「……ヴァンについてはこんなところね。なんというか……語るところが少ないわ」

リットは困ったような表情でそう言った。

「ヴァンの思想を批判するならいくらでも言えるけど、ヴァンという人間を語るのはとても簡単ね。ヴァンはあまりにも真っ直ぐで、ヴァンという人間を構成している要素が少ない」

「ヴァンの世界は狭い」

ルーティが冷たい声で言う。

「ヴァンの世界にはヴァンと神様しかいない……親も友達も、愛する人もいない」

「世界が狭いか」

ルーティの言う通りなのだろう。

だがヴァンの強さが、その狭い世界にあるのも事実だ。

「世界が狭いからこそ、ヴァンは信仰に基づく自分の価値観を疑わない、だから迷わない、だからくじけない。他人がどうしようが自分の価値観を否定するものがヴァンの世界に存在しないからだ」

ルーティに殴られ、半死半生の状態になりながらそれでもルーティを倒そうと笑える精神性。

しかも、ルーティを倒す理由は自分の『勇者』を成長させるという一点のみなのだ。

合理性のない信仰というロジック。

俺達の中で、あれほど強固な信仰を崩せるほどの神学論争をできる者はいない。

「私達、テオドラ以外はみんな教会から遠いところにいたものね」

「神に選ばれた『勇者』のパーティーなのにな」

まぁそれが理由で、テオドラが仲間になったラストウォール大聖砦での戦いで信用されず苦労することになったのだが。

「というわけで当初の予定のまま、狙いはリュブとラベンダだ」

「異議なし」

『導き手』として『勇者』ヴァンの在り方に思うところが無いわけではないが、今それを考える状況ではない。

なにかキッカケがあれば別だが……今は仲間達のことを考えよう。

「じゃあそのリュブ枢機卿と妖精ラベンダだな」

残った2枚の紙。

見下すような目をして笑う壮年の男と、陽気に笑いながらも目は冷たく周囲をうかがう妖精の顔。

「といっても妖精ラベンダの経歴はほとんど不明だ。まぁ人間社会の外で生きてきた妖精だし、エスタが見聞きしたこと以外は噂すら無い」

「そもそもゾルタンで手に入る情報は限られているからねぇ、旅人だって来ないし」

「飛空艇を使って外の国にも情報を集めに行きましたが、『勇者』ヴァンの話は知っていても、その仲間のラベンダのことはヴァンにくっついている妖精ということしか出てきませんでした」

ティセがそう言った。

飛空艇を操縦できるティセには、他国での情報収集を頼んでいたのだ。

快速帆船でも普通は1週間かかる距離でも、飛空艇なら一日とかからない。

魔王の船ウェンディダートと同じく、先代魔王の遺産は恐ろしい力を持っている。

飛空艇は、今の『勇者』ヴァンに渡したくないな。

「しかしラベンダはエスタが戦いを避けるほどの相手だぜ……最上位の大妖精（アークフェイ）並みと考えたほうがいいだろうな」

ダナンの言葉は真剣だ。

「エスタが言うには、ラベンダはヴァンに一目惚れ（ひとめぼ）をして、仲間の妖精を裏切って密林の秘宝ベヒモスの指輪を持ち出したそうだ」

「強烈な盲愛ね」

リットが、ふむと思案する。

「ラベンダは私とダナンで交渉してみたいの」

「俺か？」

リットの言葉を聞いてダナンは驚いている。

「駄目かな？」

「いや、俺は交渉なんてものは、脅す以外できねぇから任せるが……」

ダナンは俺に視線を向ける。

リットの意図が分からないという表情だ。

「俺もリットとダナンに任せるのがいいと思う」

「そうなのか？」

「ダナンには交渉はできないし、ラストウォールでリュブ枢機卿に顔を見られている。ラベンダがもし襲ってきたらリットを守り撤退して欲しい」

「なんだ護衛か、よしよしそれなら任せとけ！」

ダナンはそれだけで納得し、ガハハと笑った。

「でもラベンダは情報がまともに無い相手ですよ、交渉に勝算はありますか？」

ティセの言葉に、リットは首を横に振る。

「勝算なんて考えられるほどの情報も無いわ。まずラベンダが何を考えているのか交渉の中で探ることにする。でも考えが全く無いわけじゃない」

「考えですか？」

「私は恋をしているから、その点でラベンダを理解するのに適役のはず」

少し顔を赤くしながら、リットはそう言い切った。

「そういうことだ、この中で可能性があるとするならリットしかいない」

俺はそう話をまとめた。

「じゃあ次はリュブだな」

残った1枚の紙を俺は手に取った。

「こちらは口頭で説明するのが面倒くさくなるほど経歴が充実しているな……宿しているのは『枢機卿（カーディナル）』の加護。キャリアは典型的な悪徳異端審問官を経て枢機卿に選ばれている」

「リュブだけ？　名字は無いの？」

「名字は無いようだな。出身はアヴァロニア王国西部で、馬の世話役の家に生まれたそうだ」

「聖職者や貴族の家柄じゃないんだね」

「『枢機卿（カーディナル）』の加護だけを頼りに教会に飛び込み出世したようだな。異端審問官時代に賄賂（わいろ）で集めた資金は枢機卿になるために使ったようだ。悪徳異端審問官だったのも、資金援助してくれる実家が無かったからなのかも知れない」

理想が悪徳に手を染めるきっかけだったのかも知れないが、だが……。

「でも、あいつが今も金銀財宝に目が無いのは間違いないわ」

ヤランドララが言った。

俺の調べた情報でも、枢機卿時代にも強欲さを見せたことがいくつもあった。

「目的と手段が入れ替わったんだろうな、銀貨の輝きにはそういう魔力がある」

そして立派な欲深き枢機卿が出来上がったというわけか。

「だが、その分かりやすさは付け入る余地が多いな」

私利私欲というのは一番分かりやすい行動原理だ。

「よし、リュブには俺が行ってみよう」

「レッドが⁉　でもレッドはリュブに顔を見られているんでしょ？」

旅をしていた時に、俺、ルーティ、ダナンは聖地での戦いでリュブに顔を見られている。

またティセはヒルジャイアント・ダンタク討伐の一件に同行しており、なによりこの町唯一のBランク冒険者パーティー。

もしティセについてヴァン達が疑いを持てば、当然その相棒であるルーティのもとへと辿り着こうとするだろう。

ティセは動かしたくない。

「俺は変装スキル持ちだ。リュブは物理的な変装を見抜く能力は持っていないだろうから、まず大丈夫だ」

「そうねぇ、なら私がレッドのバックアップに同行するわ」

ヤランドララが力強く言った。

ヤランドララはリュブに顔を見られていない。

直情的な部分もあるが、隠す必要があるのなら隠すことができる交渉能力もある。

「よし、ラベンダにはリットとダナン、リュブには俺とヤランドララが対応する。ルーティとティセはもし俺達が戦闘になった時、無事離脱できるようフォローしてくれ」

「分かった」

「暗殺者ほど逃げるのが得意な職業はありません、任せて下さい」

うげうげさんもピョンと力強く飛び跳ねた。

「3人の情報を暗記したな？　それじゃあヴァン達が南洋から帰ってくるまでに、今日からは交渉の下準備だ！」

仲間達は一斉に頷く。

頼もしさを感じながら、俺は立ち上がった。

「それじゃあ夕飯にするか」

「待ってました！」

リットの楽しそうな声と、それを聞いた仲間達の笑い声と共に今日の話し合いは終わったのだった。

＊　　＊　　＊

翌日。

俺はルーティの薬草農園を訪れた。

「いらっしゃいお兄ちゃん」

嬉しそうな表情でルーティが俺を出迎える。

まぁルーティは俺の家に朝食を食べに来て、それから一緒に歩いてこの薬草農園に戻ったのだが……薬草農園が見えてくると小走りで先に農園に行きこうなったのだ。

可愛い。

「お兄ちゃん、昨日は遅くまで薬を作っていたんでしょ？　必要な種類と数を教えてくれれば私が用意するよ」

「そうだな……じゃあ今日はルーティに任せるか」

「うん、任せて」

ルーティは張り切って、両手をぐっと握った。

俺は一夜くらい寝なくてもなんとも無いよう訓練を受けているのだが……昔のように無理をして1人で頑張る必要はない。

俺はルーティに必要な薬草が書かれたメモを渡した。

「了解」

ルーティは額の前で、ピッと指を伸ばして答える。

道具を持って意気揚々と畑に向かうルーティ。

普通の村娘が着るような畑仕事向けの質素な服を着たその姿は、とても平和で俺が望んでいた光景そのものだ。

俺はこの光景を絶対守らなければならない。

「レッドさん」

ティセの声がした。

振り返ると、白い湯気の立つカップを持ったティセがいた。

「少し時間がかかるでしょうし、小屋の中で待っていましょう」

ティセと共に、農園の側に建てられた小屋へと入る。

小屋の中の事務所は、以前来たときより物が増えていた。

「レッドさん以外からも薬草を買い取りたいと言われることが増えました」

ヴェロニア王国との一件でルーティの名前はゾルタンでよく知られるようになった。

ルーティの薬草農園にまだ実績は無いが、名前さえ売れれば取引してみたいという人も現れるだろう。

「とはいえ私とルーティ様の2人でやっている農園なので、そんなたくさんの注文は受けられないんですけどね」

「人を雇えばもっと大きくやれるぞ？」

「いえ、最初ルーティ様と話し合った通り、私達はこの薬草農園で大儲おおもうけしたいのではなく、幸せに暮らしたいんです」

ティセは穏やかに微笑みながらカップの紅茶を飲んだ。

俺も一口飲む。

リンゴジャムの入った紅茶は舌に合う味だった。

「今私にできることはすべて準備できています」

不意にティセがそう言った。

ヴァンの件のことだろう。

「でも……私はやはり暗殺者です。殺す以外の方法で解決することに自信がありません。本当にこれで大丈夫なのか、『勇者』ヴァンが戻ってくるまでに残された時間で何かやれることがあるのではないか……そう不安になります」

「なるほど、ティセはこうしてのんびりお茶を飲んでいることが不安になるか」

「はい」

ティセは短い間だがヴァン達と行動し、その戦いを間近で見ている。

「『勇者』ヴァンは強いというより、恐ろしいと感じました。私の中の『アサシン』が、あれを殺すことは難しいと告げているんです。ダナン様やテオドラ様を初めて見た時よりも強い感覚でした」

「人類最高峰の暗殺者であるティセがそう感じたのなら間違いはないんだろうな。ヴァンの強さは世界を救うことを志すのに十分か」

「レッドさんもヴァンと剣を交えましたよね？　どう感じました」

俺は腰の銅の剣の柄に触れて考える。

俺の戦いは、ルーティが到着するまでの時間稼ぎだった。

俺は最初からヴァンを倒すつもりはなく、またヴァンが撤退しないであろうことも分かっていた。

有利な状況での戦いだったのだ。

「そうだな、間違いなく『勇者』の加護の戦い方だった……ルーティの『勇者』とは在り方が大きく異なっていたが」

「在り方ですか」

「『勇者』は取れるスキルが豊富なんだ。だからどのような『勇者』を目指しているのか、戦い方とスキルを見れば分かる」

ルーティの場合は、俺がスキルの成長方針をアドバイスしたため、俺の考える『勇者』ルーティの在り方が含まれている。

それは負けない『勇者』。これからどれほど恐ろしい相手と戦うことになっても……格上の戦士、無数の軍勢、巨大な怪物、悪意を秘めた陰謀、目に見えない疫病や呪い、自然災害……誰かを救うことを強制される『勇者』は、ありとあらゆる障害と戦わなければならない。

いくら『勇者』が最強の加護であっても、勝てない戦いもあるだろう。

だから負けない『勇者』。

勝てなくとも負けて終わりになることが無いようにアドバイスした。

「私が知っているのはすでに誰よりも強くなったルーティ様ですが、ルーティ様も1人で強くなったわけではないのですね」

「まぁルーティは『勇者』の加護がなくても剣の天才だったからなぁ」

「それも多分、教えたのがレッドさんだからですよ」

「俺だから？」

ティセはクスッと笑う。

「大切な人に教えてもらえればやる気が違いますから」

「なるほど、そういうのは確かにあるな」

師匠との相性は重要だ。

「それでレッドさんから見て、『勇者』ヴァンはどういう在り方をしているんですか？」

「無敵の勇者だな」

「無敵⁉」

ティセの目がわずかに見開かれる。

表情を隠す技術を持っているティセにとって、今のは大きな驚きの表情だ。

「ヴァンの『勇者』には敵がいない」

「レッドさんをしてそこまで言わせるんですか……」

「いやそういう意味じゃないよ」

言い方が悪かったな。

俺はさらに説明を続けるため言葉を続けた。

「ヴァンが目指しているのは絶対に勝つ『勇者』だ。耐久力特化のスキル構成に〝癒しの手〟のマスタリースキル反転によるダメージ押し付け。確かに強力な連係だな……だけどそこには、想定する敵がいない。最強の攻撃で、相手が何をしてこようと勝つ」

「なるほど……理解しました。ヴァンの剣には自分が最高の技を使えば勝つことしか無いんですね」

ルーティがどんな相手でも負けないようあらゆる敵を想定したのに対し、ヴァンはどんな敵が相手でも同じ技で勝てる強さを求めた。

似ているようで、そのアプローチは正反対。

「上位加護持ちや一芸特化の加護持ちにある考え方だな。『勇者』という最強の加護ならそういう在り方になるのも理解できる……俺なら選ばない在り方だが」

「私もなしですね。暗殺者は観察することが何より大切です。私の剣にも必勝型はありますが、それだけに頼ればいつか必ず討たれる。なるほど、ヴァンの世界は狭いです」

ヴァンの世界が狭い。

そのことはヴァンという『勇者』の在り方も決めている。

「ヴァンが魔王軍を相手に戦い抜けるかどうかは分からないが、だが今のヴァンは絶対にルーティには勝てない。ヴァンを倒して解決できるのなら簡単だ」

「ヴァンは『勇者』の力に頼っているけれど、ルーティ様は格上の『勇者』だから」

「ああ」

ルーティが狙われているというのに俺が落ち着いていられるのは、そう確信しているからだ。

「だけどルーティの強さではヴァンの心を折ることはできない。ヴァンの剣には敵がいないから」

「自分が絶対に勝てないことが分からないんですね」

「それも『勇者』なのかねぇ……勝てない相手に諦めずに戦う勇気ってやつか」

「勝てる方法を探して勝つ方が『勇者』じゃないですか？」

俺は肩をすくめた。

「俺がヴァンと戦って感じたことはこんなところだが、参考になったかな？」

「そうですね……ヴァンの何が怖いと感じたのか、分かった気がします。まだうまく言葉にできませんが」

「相手は『勇者』だ、これまで戦ってきた誰とも違う敵なのは確かだよ」

それから俺は安心させるために笑う。

「でもまぁ、今はヴァンと戦わないために動いているんだ。あまりにも警戒しすぎて、目の前の日常がおろそかになっても勿体ないだろう？」

ガチャリと扉が開く。

「お兄ちゃん、これで薬草は揃っている」

「お疲れ様、見せてくれ」

「うん、見せる」

ルーティが差し出した籠には、俺が注文した様々な薬草が整然と詰められている。

どの種類がいくつあるのか一目瞭然だ。

さすがルーティ。

「ありがとう、頼んだのは全部揃っているよ」

「うん」

自慢気に微笑むルーティ。

可愛い。

「これでお店の在庫も揃う。さすがに今の状況で山に薬草を取りに行くのは避けたかったからな」

「私、お兄ちゃんの役に立てた？」

「もちろん、助かったよルーティ」

「んふふ」

嬉しそうなルーティの顔を見て、俺も嬉しくなった。

頭をなでると、ルーティは俺の体にぎゅっと抱きついた。

「今日も良い日」

まだ朝だというのに、ルーティはそう幸せそうに言っていた。

＊　＊　＊

お店に戻ったら薬を調合する作業だ。

カウンターはリットに任せ、俺は作業室でゴリゴリと調合する。

「薬草クッキー用の強壮剤はこれで良し。煮込んでいる薬草は上澄みを取って、こっちのペーストと混ぜて……」

調合を高速化するスキルなんて俺にはない。

だから、どれだけ時間を有効に使うかだ。

テーブルに並んだ砂時計をひっくり返し、煮込んだり、蒸留したりといった作業と並行してすり潰したり、混ぜ合わせる作業を行う。

すり潰してペーストにする、水で煮出して溶液にする、蒸留してエキスにする……薬草の使い方にも色々ある。

「薪を追加して火力を上げて、あーこの鍋も焦げ付きが酷くなってきたな、そろそろ修理に出すか」

そう言いながら、蒸留したエキスの入ったフラスコを取り外し、水の入った桶で冷やす。

「こんな忙しい作業も滅多にしなくなったなぁ」

騎士だった頃は、秒刻みで作戦を動かしたりしたものだが……。

「だけどたまにはこうして忙しく働くのもいいな」

これもまた楽しいスローライフへの良い刺激だ。

「……しかし暑いな」

狭い作業室でいくつも火を使っているのだから当然か。

汗が薬に入らないように顔を布で覆っているのも余計に暑い。

「なんだか頑張って仕事している感じがするな」

よく分からない自己満足でいい気分になりながら、俺は鍋を火から外した。

ここからの作業は鍋の中身が自然に冷めるまで待ってからだ。

「休憩っと、ちょっとお昼が遅くなってしまったな」

俺は立ち上がって体を伸ばした。

口から自然と「んー」という声が漏れる。

「お疲れ様！」

リットの声がした。

「お昼食べるでしょ？　私が作ったから来て来て！」

「リットが作ってくれたのか？」

「うん！」

洗面所で手を洗い、居間に行ってみるとテーブルにはリットの作った料理が並んでいる。

目玉焼きとソーセージ、トマトとマッシュルームのソテー、そら豆のトマト煮、パンとジャム、レタスとチーズのサラダ。

そしてデザートにはさくらんぼとリンゴ。

「美味(おい)しそうだ」

「レッドと違って、私は簡単な料理しかできないけど……こ、込めた気持ちは負けてないはずだから！」

「これだけ色々作れれば十分だよ、さっそく食べよう」

「うん！」

リットの料理はシンプルだ。手を加えれば加えるほど、料理スキルの影響が大きくなるから、工程の少ない料理の方が美味しくなるというのもある。

ジャムとサラダのドレッシングは俺が作ったものだし、そら豆のトマト煮に使われているソースは今朝俺が作ったスープを味付けに使っている。

パンはパン屋が焼いたもの。デザートのフルーツも切っただけなので料理スキルは味に影響を与えていない。

目玉焼き、ソーセージ、トマトとマッシュルームのソテーはどれも火を通し、塩で味付けしたものだ。

「美味しい」

俺はひとくち食べてそう言った。

さすがリットだ。

加護から与えられる料理スキルという限界を冷静に見て、その上で自分にできる最善の料理を選ぶ。

シンプルで美味しい料理から俺が感じるのは、リットが俺に美味しいものを食べてもらおうと本気で考えてくれたこと。

リットの言う通り、これらの料理にはリットの想いが込められていた。

だから、とても美味しかったのだ。

＊　＊　＊

キッチン。

俺とリットは２人で並んで食器を洗っている。

俺がヤシの繊維から作ったタワシで食器を洗い、リットがふきんで食器を磨いて食器棚に戻す。

「ありがとう！」

「はい、お皿」

汚れを落としやすくするため、水を張った桶の中に沈めていた食器はどんどん数を減らし……。

「これでラスト」

「最後だし念入りに磨こうかな！」

リットの手元にある皿がキュッキュと音を立てた。

「よし、完璧（かんぺき）！」

リットは嬉しそうに笑っている。

そんなリットの隣にいる俺も、当然楽しくなって笑う。

「お疲れ様リット」

「お疲れ様レッド」

食器を片付け終わった俺達は、そう言って両手でハイタッチをする。

それからギュッと抱き合い、お互いの頬にキスをしてから仕事に戻った。

俺は再び作業室へ。

「ふふーん♪」

思わず鼻歌が漏れる。

気分も良くなるというものだ。

「タイタンクラブの甲羅の粉末と灼熱石の粉末も作っておくか」

どちらも希少な素材だが、薬を一服作るのに必要なのはほんの数グラムでいい。

素材のまま保管し、足りなくなってから爪の先ほどの欠片一つをすり潰しても間に合うのだが、別に時間が余った今すり潰して粉にしておいてもいい。

すり潰してできた粉をあらためて瓶詰めし、棚へとしまう。

そうしている間に煮詰まった溶液と別の薬草を混ぜ合わせて、さらにハチミツを加えて丸薬にする。

最後に、作った薬を小分けして完了。

「ふう、これで在庫は復活だ……頑張ったな俺」

ぎっしりと薬が入った棚を見て、俺は自分の頑張りを自画自賛する。

窓の外を見れば、もう夕暮れ時だ。

「閉店時間にはギリギリ間に合ったか。リットのところへ行ってみるか」

俺は汚れた服を着替えると、店頭へと向かった。

「ありがとうございましたー！」

薬を買っていたお客の背中に、リットが声をかけているところだった。

店にはまだ2人のお客がいて、薬を選んでいるようだ。

「あ、レッド！　調合作業終わったの？」

「ああ、ばっちりだ」

「やった、お疲れ様！」

うずっ、とリットの肩が震えた。

本当は抱き合いたいが、客がいるので我慢しているのだろう。

俺もそういう欲求を感じたから間違いない。

「えへへ、閉店まであと30分ちょいくらいかな、どうする？　レッドは休憩しててもいいけど」

「いや、リットと一緒に働くよ」

「そっか、えへへ」

俺はまたリットの横に立つ。

カウンターに2人で並んで、お金を数えたり、薬を包んで渡したり、効能を説明したりする。

休暇も良いものだったが、こうしてリットと一緒に働くことも良いものだ。

俺はきっと、リットがこうして隣にいてくれれば、いつだって今この瞬間を良い人生だと思うことだろう。

「「ありがとうございましたー！」」

閉店間際。

最後のお客さんを送り出す。

明日の冒険で使う薬を買いに来たその冒険者は、ホッとした表情で、「無かったらどうしようと思っていた」と俺とリットに礼を言ってくれた。

「薬もたくさん売れた！　クッキーは今日も完売！　うーん、働いたって感じがするよね！」

「特に新商品とか出しているわけじゃないのにお客が増えたな」

「レッド&リット薬草店の評価が上がっているんだわ、特別な商品が無くても薬を買うならここで買うというお客が増えたということ、嬉(うれ)しいよね！」

「ああ、このお店の看板……レッド&リット薬草店が色んな人に憶えてもらえているってのは嬉しいな」

ただの薬屋レッドとリットは、このゾルタンで居場所を見つけ楽しく暮らしている。

「さて、店を閉めるか！」

「うん！」

カウンターをリットに任せ、俺は箒を持って外へと出た。

入り口に『閉店』の札をかける。

「よし」

ふと俺は頭上を見上げる。

入り口の扉の上には『レッド&リット薬草店』と書かれた看板がある。

「……ふむ」

俺は一度店に戻った。

「どうしたの？」

リットが首をかしげている。

「いや、ちょっと看板をキレイにしようと思い立って」

俺は洗面所からタオルとバケツ、物置からはしごを持ち出し、再び看板の前へ行く。

まずはから拭き。

乾いたタオルで看板についた埃を落としていく。

「いつの間にか貫禄が出てきたな」

ピカピカの新品だった看板は、こうして掲げられているうちに汚れが目立つようになっていた。

まるでこのお店が歩んできた歴史のようで、俺はちょっとだけ感傷に浸りながら掃除を続けた。

から拭きを終え、バケツの水でタオルを洗い、今度は水拭き。

すっかりキレイになった看板は、新品の頃とは違った趣がある。

はしごから降りて眺め、俺はしみじみと良い看板を作ってもらったなと思ったのだった。

＊　　＊　　＊

夜。

俺は店の鍵を閉めて振り返った。

「それじゃあリット、行ってらっしゃい。行ってくる」

「うん、行ってらっしゃい。私も行ってくるね」

「ああ、行ってらっしゃい」

月明かりの下で、俺達はそう言い合うと少し笑う。

それから別々の方向へと歩き始めた。

俺はリュブ枢機卿を説得するための情報集め。同じようにリットはラベンダの情報集めだ。

情報がほとんど無いと言ってもいいラベンダをどうやって説得するのか……俺には分からない。だからリットに任せる。

俺は俺のできることをするだけだ。

俺が向かったのは中央区にあるゾルタン聖方教会。

ノッカーで扉を叩くと、中から声がした。

「時間通りですね」

ゆっくりとした足取りで扉に近づく音。

扉が開くと、そこにはゆったりとした服を着たシエン司教がしわのある顔に笑みを浮かべて立っていた。

「ゾルタン人は時間にルーズですから、こうして時間通りに来られると驚いてしまいます」

「ははっ、シエン司教もゾルタン人じゃないか」

「私は中央の教会へ留学していましたのでね。寝坊なんてしようものなら、教育係の助司祭からそれはもう酷い折檻をされました」

「教会での下積みも大変そうだな」

「レッドさんも下積み時代は苦労する仕事を経験されていそうだ」

おっと。

「ははっ、いえいえ、レッドさんの過去を詮索するつもりはありません」

シエン司教はそう言って笑った。

「さぁ、こうして立ち話をしているうちにお湯が沸いたようです。実は時間通り過ぎてお茶の用意もできていなかったのですよ」

「それはありがたい。昼はすっかり暖かくなったけど、夜はまだ少し冷えるからね」

俺は教会の中へと入り、シエン司教の部屋へと通された。

俺はシエン司教と向かい合って座る。

「さて、私に聞きたいことがあるそうですね」

「……リュブ枢機卿のことだ」

シエン司教は表情を真剣なものに変えて頷いた。

「やはりですか」

「シエン司教にはゾルタンとヴェロニアとの戦争に教会が軍事介入してこないよう交渉に行ってもらったが、そこでリュブ枢機卿と話したと聞いた」

「ええ、リュブ猊下は主戦派で積極的に軍事介入を後押ししていました。猊下に納得していただくということが必要だったのです」

「どうだった？」

「ふむ……私は辺境の聖職者で、外に行くことも久しぶりという有様ですから、人を見る目に自信があるわけではありませんが……その私の印象で良ければ」

「聞いてみたいな」

「リュブ猊下は話の分かる方という印象でしたね」

ここでも話の分かる人か。

「主戦派と聞いていましたので、さぞ苛烈な方なのだろうと警戒していましたが……お会いした時は笑みを浮かべながらとても穏やかに対応してくださいました」

「……良い聖職者だと思うか？」

「利に聡い方だとは思います」

その時点で戦争継続を主張する分の悪さを理解して手を引いたのだろう。

やはりゾルタンに留まることは損であると理解してもらうのが交渉の方針か。

「……ただ」

俺が考え込んだのを見てシエン司教は鋭い目で……聖職者ではなく冒険者としての目で俺に言った。

「私を教育してくださった、今はもう引退された助司祭から『リュブ猊下を決して信頼してはならない』と警告されました」

「信頼してはならない……か」

「ええ、人を裏切ることに躊躇がないのだと。公的な記録には残っていないのですが、教会での養父と言えるほど世話になった方を異端として告発し処刑したのだそうです」

「記録に残っていない？」

「当時の枢機卿がかかわっているのでしょうね、教会の権力闘争だったのでしょう」

「それで自分が世話になった人より、自分の得になる人を選んだというわけか」

『勇者』ヴァンの仲間だけあって、リュブも厄介な人物像だ。

義理や人情とは程遠い人物か、約束も破られる可能性はあるな。

それにヴァンのために、ゾルタンがどれだけ被害を受けても気にもしない可能性が高い。

交渉材料はリュブの損得の一点に絞るべきだろう。

それでもヴァンを説得するよりはマシか……。

＊　　＊　　＊

3日後、夕方。

お店の閉店作業をリットに任せ、俺はルーティと共にゾルタンの街道から離れた草原をルーティの呼び出した精霊騎馬(スピリットマウント)にまたがり走っていた。

「久しぶりだなぁ」

「私は初めて」

草原を進み森へと入る。

にわかに霧が立ち込め、それでも先に進むと小川のせせらぎが聞こえてきた。

「前回来た時はこんな感じじゃなかったんだが……音のする方へ行ってみよう」

「了解」

ルーティは手綱を引いて方向を変え、森の中を進んでいく。

しばらく進むと、霧が晴れキノコの家が並ぶ集落へと出た。

「妖精(ようせい)の集落」

ルーティは周りを見渡す。

ここはかつて俺とリットが訪れた場所だ。

「お兄ちゃんと一緒に来られた」

ルーティは嬉しそうだ。

「レッド!!」

妖精達が俺のもとへと集まってくる。

「ヨクキタ！」

「久しぶりだね」

「ヒサシブリ？」

妖精達は首をかしげると、おかしそうに笑い始めた。

「ふふっ、私達は時間の流れに無頓着(むとんちゃく)だから、数分後も数百年後も同じようにこう言うの」

透き通るような水の体をした美しい女性が俺達を出迎える。

一糸まとわぬその姿は、絵画の中にしかいない完璧(かんぺき)な美女そのものだ。

「ようこそ私のささやかな水たまりへ！」

水の大妖精(アークフェイ)ウンディーネ。

かつて呪いに冒された妖精達はとても元気そうだった。

＊　＊　＊

「はい、頼まれていたものよ」

「ありがとう、助かるよ」

俺は革袋を受け取りながら礼を言った。

「ううん、あなたは私達の恩人で友達だから、これくらいならいつだってプレゼントしちゃうわよ」

そう言ってウンディーネは微笑んだ。

本当なら俺からも何かお礼をするべきなのだろうが、すぐには用意できなかったのがちょっと心残りだ。

ヴァンの一件が片付いたら、あらためて何か持ってくるか。

そう俺が考えている横で、ルーティはなにやらキョロキョロと周囲を見回していた。

「何か起こっている？」

ルーティはウンディーネにそう言った。

「何も起こっていないわ、これは水が昨日と同じせせらぎとなるための備えよ」

「『勇者』？　妖精？」

ルーティの言葉にウンディーネは口に手を当て驚いた。

「よく分かったわね、妖精よ」

「ラベンダか」

「そう名乗っているらしいわね」

ウンディーネは笑っていた顔を真剣なものへ変える。

大妖精にこれほどの表情をさせるとは……。

「アレはとても恐ろしい存在よ。決して近づいてはダメ」

「そういうわけにもいかなくてね、俺達はあいつらをゾルタンの外へと導くために動いているんだ」

「そう……だったら決してアレに気を許してはだめよ、アレほど気まぐれで破壊を好む妖精は他にいないのだから」

自分が呪いによって衰弱していても陽気だったウンディーネがこのような表情を見せるのはよっぽどのことだ。

「それはさておき」

ウンディーネは瞬(まばた)きするとまた楽しそうな笑顔へと戻る。

「せっかくレッドの妹が来てくれたのだから、もっと楽しんで帰ってもらわないとね！」

妖精達がルーティの周りをクルクルと飛ぶ。

「サァ、ルーティ！　オチャトクッキーハイカガ？」

「ソレトモイッショニダンスヲスル？」

「イヤイヤ、オイラトイッショニサンポシヨウ！」

騒がしい妖精達を見て、ルーティは少し驚き。

「お兄ちゃんも一緒に遊ぼう」

ルーティは俺の手を握りながら、そう言って笑った。

俺達は妖精の集落でたっぷりと楽しみ、夜更けにゾルタンの城壁をこっそり登って帰ったのだった。

リット怒ってるかなぁ……。

だが。

「お兄ちゃん、今日も良い日だった」

ルーティが嬉しそうにそう言ったのだから、まぁいいか。

＊　　＊　　＊

さらに3日後。

裏庭、夜。

「お兄ちゃん、準備はいい？」

「ああ、いつでもオーケーだ」

俺は銅の剣を構える。

対するルーティは木の棒を1本。

棒の長さはかつてルーティが持っていた〝降魔の聖剣〟と、そしてヴァンの持っているレプリカとも同じだ。

これからやるのはルーティとの戦闘訓練。

「いくよ」

ルーティは手にした棒を、ゆっくりと中段に構えた。

その瞬間、凄まじい圧力がルーティから放たれる。

人類最強の少女。

普通なら誰だってこの圧力に立ち向かおうとは思わないだろう。

「はっ」

声を発した瞬間、ルーティの姿が視界から消えた。

「やっ！」

ルーティはただ真っ直ぐ走って俺に斬りつけただけだ。

だが静から動に移るその速度があまりに速すぎるため、目がルーティの動きを認識できない。

パシィイ!!

俺の銅の剣がルーティの棒を弾く。

見えないが、来るタイミングは分かった。

「さすがお兄ちゃん、どんどんいくよ」

棒がすっと動いた。

カンカンカンカンと、金属の音が何度も響く。

打ち込んでいるのがただの棒だから受け流せているが、これが聖剣なら俺の剣はとっくに折れていただろう。

銅の剣では限界があるか……。

「たぁ!!」

「……そこだ！」

俺の首めがけたルーティの一撃をかわし、振り抜いて動きを止めた刹那(せつな)の棒を銅の剣で押さえる。

が、銅の剣が触れる瞬間、ルーティの腕が視界から消え、俺の首に棒がそっと添えられていた。

「参った」

俺は体の力を抜きながら降参した。

「ふぅ」

一息入れた途端、汗が吹き出し全身の筋肉が悲鳴を上げた。

「あいたた……」

マジックポーションで身体能力を底上げし、さらに騎士時代の訓練で身につけた特殊な呼吸法まで使ってなんとか渡り合えるか……。

「大丈夫？」

ルーティの手が俺に触れ優しく輝いた。

〝癒しの手〟だ、損傷した筋肉はすぐさま癒される。

「ありがとうルーティ」

「どういたしまして」

ありったけのバフ入りでギリギリ……ルーティは強い。

「すごーい!!」

リットがタオルを持って駆け寄ってくる。

「ルーティ相手にここまで受けられる人なんていないよ」

「実戦形式ではないけどね」

この訓練は、ルーティは後退せず棒による攻撃のみ、それを俺が防御するというものだ。

ルーティは打ち込むことしかできないので、攻撃のバリエーションは制限される。

「それでも、もしルーティが剣を持っていたら俺の銅の剣は砕けていたよ」

俺は銅の剣を月明かりに掲げた。

刃には棒を受けた跡が残っている。

「受け流せずまともに受けた箇所だな」

受けるのと受け流すのとでは防御のタイミングが違う。

銅の剣のような脆い武器で、強力な武器を相手にするにはまともに受けず力を外へと受け流さなくてはならない。

完璧なタイミングで受け流せれば……たとえば目の前にいるルーティなら、あの手にしている細い木の棒で巨人の一撃でも防御することができる。

「とはいえ……あえて弱い武器で戦うような相手ではないのかもなぁ」

俺が銅の剣を使っていたのは、スローライフを目指しながら剣が手の届くところにないと眠れない、戦いの日々を忘れられない自分自身への抵抗のつもりだった。

それもルーティが『勇者』から解放された一件で、俺も心の整理が付き、今は剣が近くになくてもぐっすり眠れるようになった。

今も銅の剣を使っているのは、高価な剣を買う必要がなかったのと、なんとなく銅の剣に愛着を持ってしまったという理由からだ。

しかし相手が勇者とその仲間達となると、この銅の剣では心もとない。

「まぁ、今の所戦う予定はないいんだけどな」

「それでも備えておいて損はない、でしょ？」

「そうだな」

ルーティとの訓練はそのため。

『勇者』ヴァンのパーティーと戦闘になった時、無事離脱できるよう防御の訓練を行っている。

「それじゃあルーティ、もう一度頼む」

「分かった」

今の俺にとっては高価なマジックポーションを使っての訓練だ。

効果時間が切れるまで何度でもやらないと。

ルーティとの特訓はそれから1時間ほど続けた。

疲労に耐性のある俺も、ルーティの攻撃を1時間受け続ければ心身ともに消耗する。

相手がルーティでなければ音を上げていたかもしれない。

終わった頃にはヘトヘトだったが……。

「次は私ね！」

今度はリットが、武器を持たず素手で構えている。

今の困憊した状態でさらに追い込むことにより、新たな境地を拓く……などというのは建前で、ルーティと訓練したのだからリットとも訓練したくなっただけだ。

「それじゃあ上段蹴りからの連係三連で入るから、細かいところはアドリブで」

「分かった」

リットとの訓練は、アドリブ入りの約束組手。

どういう攻撃をすると宣言してから、お互いに攻撃と防御の技を掛け合う体術訓練だ。

「お兄ちゃん頑張れー」

ルーティはリンゴジュースを飲みながら、さっき使っていた棒にハンカチを結んで旗のように振って応援している。

「……たぁッ！」

リットの脚が跳ね上がった。

遠い間合いから放たれた上段蹴り。

後方に飛び退いてかわすと、体を反転させつつの二撃目。

両足が宙に浮いた状態から、両手を地面に突いて俺の頭上へと振り下ろすような三撃目。

花のある蹴り技に、防御している俺でも見惚れそうになる。

リットは二刀流の剣士のためか、蹴り技を主体とした体術を使う。

本気で蹴れば並の戦士の首程度をへし折る威力があるが、今回は訓練なのでそんな力は入れていない。

しかしもし実戦であれば素手戦闘向けのスキルを持たない俺の腕でリットの蹴りを受けたら腕が折れかねない。だから訓練でも蹴りは受けずに回避する。

「上下のコンビネーションからの後ろ回し蹴り！」

リットは次々に技を繰り出す。

俺は応じて防ぐが、体術は余技として身につけたものだ。

防ぎ切れずに何度か当たってしまった。

「だが……！」

「あっ！」

俺はリットの脚を受け止めつつ、動きを止めた瞬間を狙って摑む。

技術体系は別物でも、剣術の呼吸は体術にも有効だ。

リットが脚を振りほどくために技を繰り出そうとするが、それよりも早くリットの脚を払った。

「おっと」

リットは両足とも地面から切り離され、体勢を崩した。

倒れるより早く俺はリットの体を抱きとめる。

「えへへ、さすがレッド」

「でもすでに数発当たっちゃったからなぁ、実戦ならダメージで俺の動きも鈍っていたはずだ。リットの勝ちだよ」

「そうかなぁ、まっ、約束組手に勝ち負けも無いよね」

「それもそうだ」

俺達はそう言って笑いあった。

訓練というより一緒に運動している感覚だ。

相手を倒す気の無い形だけの技を競い合うのは、戦いとは違った面白さがある。

「私もやりたい」

「よし3人で交代しながらやるか」

「ロガーヴィアの闘技場ではルーティに一方的にやられちゃったけど、技勝負ならワンチャンあるはず！」

「私の格闘術はお兄ちゃんに教わった……手取り足取り。だから技でも負けない」

リットとルーティが楽しそうに張り合っている。

剣術は自信があるが、体術はそんなに自信があるわけじゃない……なのであああしてルーティに誇られると、少し困ってしまう。

そんな俺の小さな悩みに関係なく、リットとルーティは楽しそうに戦っていた。

昔はああいうことはできなかっただろう。

ルーティは倒す気のない攻撃でも、ただ対峙するだけで相手を圧倒する『勇者』としての力があった。

今でも相手を倒すつもりの攻撃を出せば凄まじい圧力を感じるが、ああして倒す気のない形だけの技なら、俺以外とも訓練することができるようになった。

楽しそうなルーティの表情を見て、今のこの日常（スローライフ）を守りたいという決意がみなぎってきた。

新しい勇者なんかに、俺達の日常（スローライフ）を邪魔されてたまるか。

「次は俺とルーティだ」

「うん、踏み込みからの中段、顎（あご）をめがけた蹴り、首を狙った抜き手、正中線三連、足払い、倒れたところに追い打ち」

「……よ、よし来い」

ルーティに体術を教えたのは俺だけど、こんな連係教えた記憶はない。

……やはり『勇者』を相手に素手で戦いを挑むのはやめておこう。

＊　＊　＊

特訓が終わり、ルーティも帰った夜更け。

浴槽から溢（あふ）れたお湯が床を流れていく。

「ふはぁ」

気持ちよさに体を震わせながら、俺とリットは声を上げた。

「いいお湯だねー」

リットは脱力しながら言った。

心底同意する、まったくいいお湯だ。

「体を目一杯動かした後のお風呂は至福だな」

「明日は筋肉痛かな」

「ダナンとの手合わせからここ最近結構体動かしているし、筋肉痛は大丈夫そうだ」

「残念、お互いにマッサージしようって言おうと思ったのに」

リットはクスッと笑って俺の手を取った。

一つの浴槽にこうして2人で入るのも俺達の日常だ。

「ぐりぐり」

リットはふざけて擬音を口にしながら、俺の手をマッサージする。

「仕方がないからこの手だけで我慢する」

リットはそう言ったのだが……俺は。

「べ、別にマッサージくらい、したいときにお互いすればいいんじゃないか？　筋肉痛関係なく気持ちいいし」

と言ってしまった。

「えへへ」

リットは嬉しそうに顔を赤くして笑う。

「そうだね、お風呂から上がったらマッサージのしあいっこしようか」

顔が少し熱くなったのはお風呂のせいだろう。

「お、おう」

動揺で、少し言葉が弱くなってしまった。

まだまだ修行が足りない。

「なんの修行よ」

リットは吹き出して声を上げて笑った。

「もうお互いの体で触れてないところ無いと思うんだけどなぁ……」

リットの言葉に、俺はますます動揺してしまう。

リットは俺が困っているのを見て楽しんでいるようだ。

……リットの顔も赤くなっているのはお風呂のせいか？

「レッドしかいないよー、私のこととか触ったことある男の人って」

リットはそう言いながら、大きく柔らかそうな胸を持ち上げる。

それからニヒヒと悪戯っぽい笑みを浮かべた。

「でも、ここと触ったこと無かったかも」

「やんっ⁉」

俺の指がリットの胸を突いた。

リットはくすぐったそうに体をくねらせる。

こういうことが気軽にできるようになったくらいには、俺だって成長しているのだ！

「もう！　そこも、この間触ったでしょ！」

そう言いながらリットは俺の体に抱きついた。

浴槽からお湯がこぼれ、パシャンと音を立てる。

「私はレッドのここ触ってなかったかも」

そう言ってリットは俺の首にある古い傷跡にキスをした。

「そこは毎日のように触ってるじゃないか」

「えへへ、私、レッドのここ好きなんだ」

パシャパシャとお湯の跳ねる音が響く。

温かいお湯の中であっても、触れ合う肌から伝わるリットの体温は何よりも熱い。

ギュッと抱きしめると、リットの目が俺の目を見つめ、唇に柔らかい感触がした。

「大好き」

顔を赤くして微笑みながらそう言ったリットはとても綺麗だった。

＊　　＊　　＊

寝室。

リットを腕に抱きながら窓の外に浮かぶ月を眺める。

「今夜の月は綺麗だな」

心地よさそうに目をつぶるリット。

彼女の少し汗ばんだ肩をそっとなでた。

「ふふっ」

目をつぶったまま、リットは幸せそうに笑う。

ここには掛け替えのない幸福があった。

「……そろそろ戻ってくるかな？」

リットが目を開けて言った……ヴァン達のことか。

トロンとしていた瞳に、聡明な輝きが戻ってくる。

俺も大きく息を吸い込み、ふわふわしていた頭に活力を送り込んだ。

「加護レベル上げのことだから、どれくらいで満足するか分からないが……テオドラが言っていた予定だともうそろそろだな」

「やれるだけのことはやったかな」

「ああ、やれるだけのことはやったよ」

できることは限られていたが、それでも今できる範囲で最善の準備はしたはずだ。

「頑張ろうね」

「ああ」

勇者と教会という正義を相手に、俺達はなぜ戦うのか。

今日はその理由を確認することができた。

相手が世界を救う加護だろうが、迷うことはない。

俺達の幸せは、『勇者』の役割よりもずっと重いのだ。

俺とリットは抱き合いながら、ゆったりと眠りへ落ちていったのだった。

そしてゾルタンに『勇者』が帰ってきた。

第二章　恋する妖精と強欲な枢機卿を狙い撃て

魔王の船ウェンディダートはその巨体から、河口を少し入ったところに港のあるゾルタンへは入り込めない。

『勇者』ヴァンは、ウェンディダートから降ろしたヨットに乗り込みゾルタンの港へ入港した。

「船員達は降ろさなくていいんですか？」

ヴァンは桟橋に飛び移りながら尋ねる。

「船員などというものは、陸に降ろせばすぐに逃げ出す臆病者でね、できる限り船から降ろさないのが航海のコツなのだ」

訳知り顔で語るリュブ。

しかしその顔色は船酔いであまり良くない。

「全員に休暇をとは言わないが、普通は交代で降ろして休暇を取らせるものなんだがな」

仮面を被ったエスタは疲れた様子で桟橋に乗り移った。

「荷物は俺が降ろしますね」

右手の義手を器用に使い、エスタの従者アルベールは勇者達の荷物を船から降ろしている。

その様子をぼうっと見ている小さな影がヴァンの肩に座っている。

「……ふーん」

「ん？　どうかした？」

「人間って頼りにならない生き物ねぇ……もちろん、ヴァンは違うよ！」

ラベンダはヴァンの頬にキスをしながら騒いでいた。

『勇者』ヴァンのパーティーは全員、ゾルタンの町へと戻ってきたのだ。

「ゾルタン南洋は良いところだったね、人間があまり来ないから加護レベルの高いモンスターがたくさんいた」

ヴァンは満足気に笑っている。

〝癒しの手〟で治療しているため傷跡などはないが、鎧には損傷を修理した跡が残っている。

「僕は前より確実に強くなった、今の僕の力が『勇者』の敵に通用するか早く試してみたい！」

「次は勝てるよ！　なんたって私も一緒に戦うからね！」

ヴァンとラベンダは盛り上がっている。

　だがエスタ、アルベール、そしてリュブも難しい表情をしていた。

「リュブ枢機卿」

　エスタは冷たい声でリュブへ問いかける。

「こんなところで『勇者』の命を危険に晒す意味はあるのか？」

「……辺境の戦士くらいどうということはないだろう」

「本気でそう思っているのか？　ヴァンが瀕死の重傷を負っていたのは見ただろう。同じことが我々にできるか？」

「……ふん、そうだな、不安はある。だがこの辺境にそんな凄まじい戦士がいるのかという疑問があるのも事実だ」

「ヴァンが吹き飛ばされ完敗したのは事実だ」

「エスタ、雇い主として命令する」

「ふむ」

「ヴァンを倒した少女の正体を探れ。情報が集まるまでヴァンが逸らないよう私が抑えておく」

「私は情報収集を得意としていないし、人相も分からない状況でどこまでできるか分からないが……このパーティーでは私が一番マシだな。分かった、アルベールと共に調べてみよう」

「早く頼むぞ」

これは好都合だとエスタは仮面の裏で思った。

(いきなりヴァンがルーティを襲う可能性が低くなった、あとはレッド達と打ち合わせて行動するか)

もはやエスタにはヴァンを止める言葉がない。

(情けないことだな、結局はレッド達に頼らざるを得ない)

仮面の裏で視線を落とし自嘲するが……それも一瞬のこと。

次の瞬間には、エスタはもう前を向き目的のために歩き出していた。

*　　　*　　　*

(ふむ……)

港のはずれ。

変装した俺は、露天商の振りをしながらヴァン達の様子をうかがっていた。

『勇者』ヴァンの加護レベルは俺と戦った時より13上がっていると見た。

この短期間で通常ならありえない成長だ。

昼夜問わず一日中、自分が勝てるギリギリのモンスターと戦い続けたのだろう。

洋上にある魔王の船から漂う暗い絶望の気配は、船員に被害が出たためか。

船員の扱いが酷いのはあのヴァンに限ったことではないが……あの船で世界を転戦するとなった時、はたして船員の士気を保てるのだろうか。

まぁそれを俺が考えても仕方がない……それより今気にするべきはヴァンの肩で騒ぐ妖精ラベンダだ。

ティセは俺のいる場所とは反対側から様子をうかがっていたのだが、ラベンダの意識が一瞬ティセのいる方向に向いていた。

ラベンダは、人類最高峰の暗殺者であるティセの隠れ身を見破ったのだ。

身を潜めようとしているティセを通常の五感で捉えることは魔王軍の上級デーモンにだって不可能だ。

以前ティセがヴァン達の様子をうかがっていたときはラベンダに気が付かれた様子は無かったはずだ。もしあの時点で警戒されていたのなら、ティセがヴァン達と同行したときに何か動きがあったはずだからだ。

であれば、人類最高峰の暗殺者の隠密能力を突破できる能力の条件は、一度会ったことのある相手だと予想できる。

人間には知覚できない何かを記憶して、範囲内にいるのを察知できるのだろう。

厄介な能力だ。

問題は範囲がどれほどなのかだが、あの桟橋からティセの位置まで３００メートルはある。

……最低３００メートルだ。あの距離を知覚範囲と想定するのは楽観的過ぎる。

ゾルタンで出会った大妖精ウンディーネが、川を通じて俺の動きを見ていたように、ラベンダも超遠距離の知覚能力を持つと想定した方がいいだろう。

エスタやアルベールの動きも警戒しているのかも知れない、ティセと会わせない方が良いか。

しかし……あれは何の妖精だ？

妖精について専門家ではないが、それでも大抵の妖精については本から知識として頭に入れたはずだ。

妖精は人間にも分からない部分が多く、そのすべてを知っているとは言えないだろうが……アレはただ見たこともない妖精とは違った不気味さがある。

外見は一般的な妖精であるピクシーに似ているが、似せ方がわざとらしいのだ。

あの姿は本来の姿ではない、俺はそう直感した。

「リットは大丈夫だろうか」

あのラベンダにリットの存在を記憶されることに、俺は少し不安をおぼえていた。

＊　＊　＊

翌日、夕方。

ゾルタン郊外。

リットとダナンはコートのフードを目深に被り歩いている。

往来を堂々と歩いているのにもかかわらず、2人の姿は誰の視界にも入っていない。

音を立てず気配なく歩く2人を、常人は目に映っても注意を向けることができず、そこにいると認識できないのだ。

かろうじて気配に気がついたのはカフェの路上席でステーキを食べていた冒険者ギルド幹部のガラティンだけだった。

リットの姿を見たガラティンは、しばしの間食事の手を止め考える。

しかしガラティンは気にせず食事を続けることにした。

英雄リットが意味もなくあのような行動を取るはずがない、今ゾルタンを騒がせている『勇者』ヴァンの問題に関係することだろうとガラティンは考えた。

ならば任せればいい、事情を知らない自分が行動して英雄リットの計画に狂いを生じさせるわけにはいかない。

ゾルタンの命運を託せるほどに、ガラティンはリット達を信用している。

「ワインを注いでくれ」

「はーい」

ガラティンが声をかけると、陽気なウェイトレスが赤いワインを持ってくる。

ワインの注がれる音を聞きながら、ガラティンは必要とされるまでリット達のことを忘れることにした。

リットとダナンは路地へと入る。

そこには……。

「わざとらしく気配殺して私達の周りをうろちょろして、なにそれ挑発のつもり？」

小さな妖精が腕を組んでリット達を待ち構えていた。

ほぉ、とダナンは声を漏らす。

「狙い通りになったな」

「自分のことを強いと思っている人外種族ならこうなるでしょ」

リットは黒いフードの中でニヤリと笑う。

どのようにしてラベンダをヴァンから引き離すかが問題だったが、リットはラベンダがヴァン以外の人間を見下しているという点に付け入ることにした。

自分の周りで隠れてコソコソ様子をうかがっているヤツがいたらどうするか。

リットなら警戒して相手が何者か調べようとするだろう。

だが人間を見下しているラベンダにとっては、鬱陶しい羽虫が飛び回っているのと同じこと。

追い払おうとするし、面倒なら叩き潰す。そのことに躊躇することはない。

「言っておくけど、私今ちょっと機嫌悪いからね、虫を叩き潰せば少しくらい気が晴れるかも」

ラベンダの口調は駆け引きをしているものではない。

ただ単純に、自分の感情を喋っているだけだ。

今この瞬間にも、ラベンダがリット達に危害を加えてもおかしくない。

「そうね、今ならヴァンがいないから本気を出せるんでしょ」

だがリットは恐れることなく言い返す。

「何ですって？」

「私は『スピリットスカウト』、精霊を扱う力がある……私にはあなたのその小さな体があなたの本質の影に過ぎないことが見えちゃうのよ」

「へぇ……」

ラベンダの表情が変わる。

「あなたの本質は巨大で荒々しい力……人から恐れられる性質のものね」

「それ以上喋ったら殺すわよ」

ラベンダの周りの空気が歪んだ。

「おいおい、竜王並みの威圧感じゃねーか」

ダナンがリットをかばうために前に出ようとする。

リットがそれを手で制し、ラベンダとの会話を続ける。

「そこで次の疑問」

「なによ」

一方的にではなく言葉を交わすことを、リットは意識する。

相手は爆発したら人間を殺すことも、法という共同体のルールを破ることも躊躇しない人外だ。

……勇者と似たようなものか。そうリットは心の中で苦笑した。

「人間を見下している強者のあなたが、なぜこうして自分の本質を隠し小さな妖精の振りをしているのか」

「…………」

「人に価値を感じていなければ、人から恐れられようがどうでもいいはず、でもあなたは極力自分の力を隠そうとしている」

ラベンダから殺気が放たれる、だがまだ爆発はしていない。

リットに言葉の続きを促すように、その目を睨みつけている。

「その理由はヴァンに恋をしているから」

リットはよく通る声ではっきりとそう言った。

「自分の姿が人間にとって恐ろしいものだと知っているあなたは、ヴァンに愛されるために、人間がイメージする通りの妖精の姿をとっているのよね」

パンっと空気が弾ける音がした。

「くるぞ!!」

ダナンが叫ぶと同時に、青い閃光が路地を引き裂いた。

道や壁に焼け焦げた跡が残る。

「ライトニングボルトの魔法か？　それにしては威力高いな」

「雷撃と相性の良い妖精みたいね」

ダナンとリットは壁を駆け上がって電撃を回避していた。

「あんた達この間ヴァンを襲ったやつらね」

「おい、あいつが被害者みたいに言うなよ」

ダナンは怒りを込めた言葉を返し、リットと共にまた路地へと飛び降りた。

「あいつがゾルタンのやつらを洗脳しようとしたから戦いになったんだろ」

「ヴァンのやることはすべて正しいのよ」

「はぁ？」

冗談を言っている様子は無い。

ラベンダは、本気でそう思っている表情をしていた。

リットは気持ちを引き締める。

「あなたの名前はラベンダでいいのよね？」

「調べて来た癖に分かりきったこと聞かないで」

ラベンダの体から魔力が迸っている。

再び攻撃が来るとダナンは身構えた。

しかしリットは、ひるまず叫ぶ。

「ラベンダ！　あなたと話がしたいの！」

「私はあなたの話に興味は無いわ、潰れて死んで」

上空に強烈な圧力を感じ、ダナンはリットを抱えてラベンダの方へ走ろうと身構える。

だが。

「私も恋をしているから、私はあなたと恋の話がしたいの！」

「え？」

リットの叫びにラベンダは動きを止めた。

（まずは第一関門突破……）

リットのことを有象無象の人間ではなく、初めて個として興味を持った。

これでようやく交渉のテーブルに着くことができる。

上空に集まっていた風の精霊達が散ったのを感じ、リットはホッと息を吐いたのだった。

＊　＊　＊

(ここからはもうプランはなし、会話しながら考えるしか無い)

リットとダナンはヴァン達が泊まっている宿の一階にある酒場に来ていた。

「そっちの男があなたの恋の相手なの？」

ラベンダはダナンを指差して言った。

リットは笑って首を横に振る。

「違うわ、私の恋人はこの町で一緒に薬屋をやっているの」

「俺はただの護衛だ。隣のテーブルで酒飲んでるから、話なら適当に2人でやってくれ」

「そうだと思った、あんたは恋なんて無縁そうな顔しているものね」

「なんだ、よく分かってるじゃねぇか」

ダナンはそう言って笑うと椅子に座る。

「おう姉ちゃん、ビールと串焼きを頼む」

「はーい」

ヴァン達の泊まっている宿は上品な宿ではなく比較的気安い宿だ。

出てくる料理も下町の料理と同じもので、中央区でよく見られる王都の料理を真似たものではない。

リットはそのことを少し意外に思ったが、今はラベンダのことに集中することにした。

「で、あんたの名前は？」

「私はリット」

「ふーん、リットね……」

ラベンダはリットをじろじろと無遠慮に見ている。

（名前を尋ねてきた、つまり私との会話に興味を持っているということよね）

ラベンダの目を見ながら、リットはどう言葉を組み立てるか考える。

（……いや）

ラベンダの目を見て、リットは考えを変えた。

（あの小さな妖精の姿は偽り、本質は人間よりも遥かに古く強大な存在。下手な作り話は見抜かれる気がする……）

リットは真っ直ぐにラベンダの目を見て、口を開く。

「リットは愛称よ、私のフルネームはリーズレット・オブ・ロガーヴィア。ここからずっと北にあるロガーヴィア公国の王女だったの」

ダナンがわずかに眉を動かした。

(ダナンも私が自分の素性を明かすとは思わなかったよね、ラベンダは敵だもの……でもこうするしかないのよ)

だがダナンの動揺は仲間であるリットでなければ気が付かないほどのわずかなもの。

ダナンの視線は店員が持ってきているビールの入った木製のジョッキに向けられたままだ。

ラベンダはリットの方へと身を乗り出した。

「お姫様だったのね、人間の物語で読んだことあるわ。じゃあお相手は王子か騎士？　それとも平民との駆け落ちかしら？」

「相手は他国の騎士で……そうね、今は王族の暮らしを捨てて2人共平民としてこの町で暮らしているわ」

「やっぱり恋のためなら他には何もいらないわよね！」

ラベンダは楽しそうに言った。

「ラベンダもそうなの？」

リットの問いかけにラベンダは迷いなく頷く。

「ええもちろん！　私も恋のためなら、私とヴァン以外のすべてを犠牲にしても惜しくないわ！」

どちらも恋をしながら、その考え方は全く違う。

剣や魔法を使うことはないが、これも言葉を使った戦いだ。

遥か格上の戦士にフェイントが通じないのと同じように、ラベンダに嘘やごまかしは使えない。

「ねぇねぇ、あなたの恋人はどんな人なの？」

ラベンダはリットにそう尋ねた。

リットは嬉しそうに笑って言う。

「優しい、凛々しい、格好いい、可愛い、笑顔が素敵、私がくっつくと照れてちょっと困った表情になるのが大好き、真剣な表情で大変な仕事をしている姿も、ゆるんだ表情でのんびり仕事をしている姿もどちらも好き」

「好きな部分ばかりだね。じゃあ嫌いな部分ってあるの？」

値踏みするようなラベンダの目。

答え次第では、この交渉が破綻するかも知れないという危うさを持った目だ。

だがリットは迷いなく答える。

「いいえ、レッドのことは全部好きよ」

「でも欠点もあるでしょ？」

「そうね、私のレッドにも欠点はある……でもそれも含めてすべてが好きなの、私はレッドとずっと、ずっと……お爺ちゃんとお婆ちゃんになっても、最期の瞬間まで添い遂げたい。これが答えじゃだめかな？」

ラベンダはじっとリットを見つめたあと、小さな顔ににんまりと笑みを浮かべた。

「うん、合格！　話を聞いてあげるわ！」

それからラベンダは手を上げて叫ぶ。

「蜂蜜酒とサラダ！　２人分よ！」

ラベンダはテーブルを小さな手でバシバシ叩きながら料理を催促する。

行儀の悪い客だが、見た目は小さな妖精なので微笑ましい光景に見えるのだろう。

店にいる客からは、笑いが溢れていた。

だがリットの心は、剣を持つ時のように熱く、また冷静だ。

(勝利条件は、ヴァンのためにルーティと戦わずゾルタンから出ていくことを選ばせる)

リットは自分自身の恋で、ラベンダの恋と戦わなければならない。

＊　　＊　　＊

妖精の恋は一途だった。

「人間の恋物語は素晴らしいのに、どうして本物の人間は恋に生きることができないのかしらね？」

ラベンダは妖精の羽をパタパタと動かしながら言った。テーブルの上に座り、深皿に入った蜂蜜酒を、お手製の小さなコップで掬って飲んでいる。

リットも蜂蜜酒を飲んでいるが、アルコールで判断力が鈍らないよう、ゆっくりとしたペースで飲んでいた。

「恋をしたのなら一度だって離れるべきじゃないわ、あんたも妹のことなんて気にしないで一緒についていった方が良かったのに」

「そうね、確かに私はレッド達がロガーヴィアを旅立った後、泣いてしまった、一緒に旅をしたかったって後悔した夜もたくさんある」

「でしょ！」

リットはルーティが勇者であることは伏せたが、リットとレッドがロガーヴィアで一緒に戦い別れ、そしてこのゾルタンで再会してお店を開き、今は一緒に暮らしていることまで話していた。

ラベンダはリットの話を楽しみ、ときには続きを促し、自分の感想を口にしている。

「恋は何よりも幸せなものだわ！　だから恋をしたら何よりも恋を優先すべきなのよ。友達も故郷の人々も、自分のことを愛してくれる家族も、彼以外の人間の幸せも、たとえそれが恋する相手の妹だったとしても、自分の恋する気持ちの方が大切よ。この感情のためなら、世界だって滅ぼしてもいい。それが本当の恋なのよ」

饒舌に語るラベンダ。

リットは会話をしながら、ラベンダという妖精が『勇者』に求めるモノを把握していく。

もう少しでラベンダの考え方が掴めそうだ……。

「でもね、あの時の別れがなければ、今の私達の関係はありえなかった、私はそう思うの」

「ふーん？」

「あの頃のレッドも、そしてあの頃の私も、今の私達のようには余裕が無かった。だからきっと、私があの頃のレッドと一緒になっても、今ほど満ち足りた恋にはならなかった」

リットは確信を持ってそう言った。

そしてラベンダの表情をうかがう。

ラベンダとリットは恋する女性として、近い部分も確かにある。

だがその考え方は根本的に異なっていると、リットは感じていた。

ラベンダの表情は不満、そして答えを思いついたような表情の変化があった。

「分かったわ、つまりあなたはロガーヴィアではまだ恋をしていなかったのね！」

ラベンダの言葉も確信を持っている。

「そうかな？　私はロガーヴィアでもレッドのことが好きだったけれど」

「でもあんたは今のレッドが好きなんでしょ？」

「そうね」

「だったら昔のレッドは好きじゃなかったってことじゃない」

「……どうしてそうなるの？」

リットはささくれ立つ感情を隠しつつ、ラベンダにそう尋ねた。

「だって、昔のレッドと今のレッドが違って、今のレッドに恋をしているということは昔のレッドには恋をしていなかったってことだわ」

「昔のレッドも好きだったけど、このゾルタンでお互いもっと好きになるように成長したとは言えないかな？」

「言えないわよ、成長するなんて恋じゃない。恋は美しく、幸せで、完璧なもの。恋した瞬間から、時が死んでこの瞬間のまま永遠に変わらなければいいのにと、そう思わないといけない。そう思えない恋は恋じゃない」

ラベンダはそう言った。疑いようのない事実を話すような口調だ。

「………」

リットはそうは思わない。

そして、リットとラベンダのこの違いこそが本質だとリットは直感した。

「ラベンダは、ヴァンに変わってほしくないの？」

「当然よ、私はヴァンが好きだもの」

ヴァンが好きだから、好きなまま変わって欲しくない。

ラベンダが『勇者』に求めるのはそれだ。

『勇者』の衝動に従う限り、『勇者』ヴァンはいつまでも『勇者』ヴァンのまま。

（エスタから聞いたラベンダの言動がこれで理解できた。ラベンダはヴァンのやることすべてを肯定し、エスタの言葉を否定する。その理由は今のヴァンが好きだから……ラベンダはヴァンに成長して欲しくないいんだ……だけどそれは自分の恋を押し付けているだけ）

リットは目の前の妖精の恋を悲しく思った。

ラベンダはヴァンのすべてを肯定し、ヴァンがやることにはすべて協力する。

おそらくラベンダは、ヴァンのためなら喜んで命を捨てるだろう。死ぬ間際ですら、ヴァンの力になれたことを喜ぶだろう。

その恋は限りなく一途、だけど一方通行だと、そうリットは思った。

片思いという意味ではない。

ラベンダの恋には相手がいないのだ。

あるのは自分の理想、ヴァンという人間が好きなのではなく、ラベンダが好きになったヴァンという形が好きなのだ。

その好意はすべて自分の中で完結してしまっている。

「蜂蜜酒おかわり！」

リットの恋愛話を肴に、楽しそうに蜂蜜酒を飲むラベンダ。

そんなラベンダを見ながらリットは口を開く。

「でも私は、私の恋を祝福している、私はとても幸せだから」

「幸せ？」

ラベンダは蜂蜜酒を飲む手を止め、リットを見返す。

「恋は幸せなものだから、今恋をしているあなたが幸せなのは当然でしょ」

「でも私は、あなたの言う恋をしていなかった時期、ロガーヴィアでレッドと一緒に過ごした時間も幸せだったと心から思えるのよ」

「でもあんた、たくさん悩んで、たくさん泣いたって言ったじゃない」

「ロガーヴィアでの恋は辛いことも苦しいこともあった、でも今の私にとってあの時間も掛け替えのない思い出なの……愛おしいほどに幸せな記憶よ！」

「よく分からないわねぇ」

ラベンダは気のない様子で肩をすくめた。

リットの恋を理解するつもりはないようだ。

（だけど拒絶もされなかった、一太刀で崩せなくとも布石は打てたかな）

あとは最後にリットの目的を伝えること。

「ねぇラベンダ」

「何？」

「ヴァンは『勇者』だから、これから恐ろしい敵と戦い続けることになるのよね」

「ええそうよ！　格好いいわよね！」

「でも、魔王軍にはとんでもなく強い敵だっている。『勇者』だからといって必ず勝てるわけじゃないわ」

「それはそうでしょ」

ラベンダは特に驚く様子もなく、リットの言葉を受け入れている。

予想してはいたが、リットはその様子を見て少しだけ次の言葉につまる。

「……『勇者』は恐怖を感じないし、苦しんでいる人を見捨てられない。だから、勝てない戦いから逃げるタイミングを間違うことがある。先代『勇者』の伝説にも、撤退のタイミングを間違えたことで『勇者』が危機に陥り仲間を失う場面があるわ」

「確かに、ヴァンにもそういうところはあるわ」

「先代『勇者』は、仲間が『勇者』に撤退することを進言することで、その危機を免れた……進言した仲間は殿（しんがり）として戦い死んでしまったけれど」

先代『勇者』は記録ではなく伝説だ。伝わっている話も、どこまでが本当なのか分からない。『勇者』ルーティが現れるまでは、『勇者』の加護はおとぎ話の存在で実在しないと思っていた者もいたくらいだ。

だが、この仲間を失った物語は、今の『勇者』ヴァンを見ていればありえると伝わるはずだ。リットの考え通り、ラベンダは頷き同意している。

「ラベンダならどうする？　ヴァンは戦うと言っているけれど勝ち目はない。ヴァンの意志を否定してでもヴァンを助けることができる？」

ラベンダはリットの目をじっと見つめたあと、笑って首を横に振った。

「そうなったら……私はヴァンの戦いを応援するわ」

「でもヴァンは死んでしまうかも知れないのよ」

「私はヴァンに恋をしているから、ヴァンがヴァンであることを何よりも優先する。それでヴァンが死んじゃったら……」

「どうする？」

ラベンダは両手を広げ、今日一番の笑顔を見せた。

「私も一緒に死ぬわ！　私は死ぬ瞬間までヴァンに恋をしていた、これほど幸せな物語はないわよね！」

「あなたはそう考えるのね」

今できるのはここまでだろう。

リットは最後の言葉を伝えることにした。

「ラベンダ、あなたにお願いがあるの」

「お願い？　ダメダメ、私はヴァン以外の人間の頼みなんて聞かないわよ」

「分かっている、でもこれはヴァンのためであると私は思っている」

「ふーん、そっ、あんたと話すのは少しだけ面白かったわ。それじゃあ最後に言ってみて」

ラベンダはコップをテーブルに置き、リットを見る。

その表情から笑顔が消えた。

隣のテーブルにいるダナンが臨戦態勢に入る。

リットは態度を変えること無く、ラベンダに向けて答えた。

「ヴァンにこのままゾルタンから離れるように言って欲しいの」

「…………」

「ヴァンが戦おうとしている少女はとても強い、ヴァンだって負けて死ぬかもしれない」

この言葉でラベンダが怒ることはない。

『勇者』ヴァンが最強であるかどうかはラベンダにとって重要なことではないからだ。

リットの思った通り、ラベンダはまだ黙って話を聞いている。

「……でもこれは命を賭けるほど意味のある戦いじゃない、勝利したところで得られるのは加護レベルを成長させることだけ。それなら別のモンスターや魔王軍と戦っても同じでしょう」

「確かにあなたの言う通りね」

ラベンダは頷く。

だが。

「もちろん断るわ」

「そう言うと思った」

「ふふ、良かった！　ここで一言でも引き下がるようならリットのこと殺しちゃおうと思っていたから！」

利害で言ったらリットの言葉が正しいとラベンダも理解している。

だがラベンダは今のままのヴァンに恋することが目的だ、ヴァンが危険だからとヴァンの意志を変えるような行動を取るはずがない。

(今はここまで、一度で説得できる相手じゃない。敵対関係にならず私の意思を伝えられただけで十分)

一度で仕留められない巨大な魔獣でも、何度も戦いダメージを蓄積させていけばいつか倒れる。

「それじゃあお別れする前に」

リットは手にしたコップを掲げた。

「知ってる、人間の変な作法でしょ！　でもそれはお酒を飲む前にやるもんじゃないの？」

ラベンダも応じて小さなコップを掲げた。

「またこうして平和にお喋(しゃべ)りできることを願って、乾杯」

「こんなの約束でも祈りでも無いのに変なの、乾杯」

2人はコップの中身を一気に飲み干すと、席を立ったのだった。

＊　＊　＊

ゾルタン。

北区にある走竜(ライディングドレイク)レース場。

ここでは走竜を使ったレースと賭博(とばく)が行われている。

走っているのはレース用に育てられた走竜ではなく、騎士達が所有する軍用や荷運び用など別の仕事をしている走竜達だ。レース向けの調教も受けていない。

そのため途中で機嫌を損ねてゴールまで走らない走竜も珍しくない。

週末に開催されるこのレースは、もともと、とても高い走竜の維持費を少しでも軽減するため、レースを開催しお金を集めて賞金として分配するものとして企画されたものだ。

そういう経緯(いきさつ)があるためか、ギャンブルであるのにここの客はのんびりとした様子でレースを見ている。

本命と言われていた走竜が途中で立ち止まり、慌てて鞭を振るった騎手を振り落としたのを見ても、笑い声が起こっただけで買った券が無駄になったことを怒るものはいなかった。

たった1人の余所者を除いて……。

「ふざけるな！　八百長だ！　金返せ!!」

券を握りしめ、大声で喚いているのはリュブだ。

俺はその姿を見て迷惑な客だと思うと同時に、少しだけ安心する。

リュブは俗物だ。

狂信者よりもずっと与し易い。

「それでレッド、どのタイミングで話しかけるの？」

俺の隣に立つヤランドララが言った。

俺達の目的はリュブの説得。

視線の先では聖職者とは思えない醜態が繰り広げられているが、中央から遠く離れたゾルタンで羽を伸ばしているつもりなのだろう。

まぁつまりは、あれが素の性格なのだ。

「イライラしている時の方が判断力が鈍るもんだ、今すぐに接触しよう」

「分かったわ」

変装した俺とヤランドララはリュブへと近づいた。

魔法の力を使わない変装は、リュブには見抜けないはずだ。

「リュブ猊下（げいか）」

俺が声をかけるとリュブは振り向き、興奮して少し充血している目でギョロリと睨（にら）みつけてきた。

「なんだお前達は、私は今日は休日なんだ！　用があるなら明日にしてくれ！」

勇者のパーティーに休日があるとは知らなかったと、俺は苦笑しそうになるのをこらえる。

……いや、休日がないのを当然と思っていた俺の方がおかしいのか？

この問題は考えないようにしておこう。

「猊下、実はどうしてもお耳に入れたい話がありまして」

声は以前変装した盗賊ウェブリーの声を使う。

リュブと面識があるはずのない声だし、本物のウェブリーは監獄の中なのだから安全だ。

「話だと？　私には無い！」

憤懣（ふんまん）やる方ないリュブは、次のレースを予想するため、待機している走竜達のところへ向かおうとしている。

お金がないわけじゃないはずだが、多分お金が増えることそのものが好きなのだろう。

聖職者というより領主とか商人のような志向だ。

「そう言わずに」

「くどいぞ！」

ドンッ！　とリュブは俺の体を突き飛ばした。

俺は抵抗すること無く地面に倒れる。

「ふん！」

リュブは俺を見下ろしたあと、フンと笑って去っていった。

「レッド、大丈夫？」

「当然」

怪我なんてしているはずがない。

俺は立ち上がると、少し待ってからリュブの後を追った。

「くっ、どいつもこいつも駄竜に見えてきた……！」

リュブはレースのウォームアップで待機所を歩いている走竜達を見ながら唸っている。

レース用に調教された走竜の善し悪しを見極めるのと、普通の走竜からレース適性を見極めるのではまた違った知識と感性が必要だ。

「猊下、５番がおすすめですよ」

俺はリュブに近づきながら、大きなあくびをした走竜を指差しそう言った。

「またお前か」

リュブは俺を睨みつけるが、俺の指差す走竜へ目を向ける。

「私の目には太り過ぎに見えるが」

「レース用走竜の基準で見ちゃいけないですよ。あの走竜は真面目でスタミナがある、騎手もレースのペース配分をよく分かっていないこのレースでは最高の素養を持つ走竜です」

「ふむ……」

俺の言葉を聞いて、リュブはじっと走竜を見つめている。

「お前は買わないのか？」

「もちろん購入済みです」

俺は懐から券を出す。

「ふん……まぁいいだろう」

リュブは券を買いに行った。

それを見て、ヤランドララが俺にひそひそと耳打ちする。

「レッド、大丈夫なの？　これで外れたら交渉どころじゃなくなるわよ」

「俺はバハムート騎士団副団長だぞ？　走竜を見る目にかけては自信ありだ。まぁ安心して見ててくれ」

俺は自信を持って言った。

嘘はついていない、あの走竜がこのレースでは本命だというのは本当だ。

ただ、あの走竜の頭の上には自信満々な顔をしているうげうげさんがいるという情報は俺しか知らないが。

あの走竜はうげうげさんの友達なのだ。

＊　　＊　　＊

「いやぁ勝った勝った」

上機嫌なリュブ。

俺とヤランドララの後ろを歩くリュブは警戒した様子も無く、素直に付いてきてくれている。

「勝利の美酒はパーッとやるものだ、小汚い店なんかに連れて行ったら爪剥(は)ぎの拷問にかけるからな」

そう言ってリュブは笑う。

冗談のつもりらしい。

とりあえず愛想笑いしておこう。

「……着きましたよ猊下」

しばらく歩いて辿り着いたのは、リットが住んでいた屋敷。

「ふむ？　まるで貴族の屋敷のようだが、こんなところにバーがあるのかね？」

「ええ、とびっきりのお酒を用意しています」

「ほぉ」

信用させるのにもう少し言葉が必要かと思っていたが、リュブはあっさりと屋敷の門をくぐり中へと入っていった。

「……大した自信ね」

無警戒さは、何か起こっても対処できるという自信の表れだろう。

見たところ武器は持っていないが、アイテムボックスが懐にあるのは分かっている。

『勇者』のパーティーが弱いわけがない。

俺は気を引き締め、リュブの後を追う。

＊　　＊　　＊

「なんだ、お前が酒を注ぐのか」

屋敷の中にあるバーカウンターにはスラリとしたバーテンダーの服装に着替えたヤランドララが立っている。

「彼女はお酒のプロですから」

俺はリュブの隣に座りそう言った。

ヤランドララはニコリと笑ってお辞儀をする。

ヤランドララは以前武装商船団を率いていた。

海賊狩りが目的だったが、商船団というように商品を運んで売るのが本業だ。

その時の経験でお酒についても詳しくなったらしい。

「ふん、とりあえず一番良い酒をくれ」

リュブは不満そうに顔をしかめると、そう言い放った。

屋敷にはゾルタンで手に入る高級ワインや、ブランデー、ウィスキーなどよく飲まれるお酒を用意してある。

だがそれらは、リュブが酒の種類を指定してきた時のための保険。

本命は別にある。

「では、こちらのワインはいかがでしょうか」

「ふむ？　なんだ、瓶詰めされていないワインなど出して……」

革袋から注がれた赤いワインを見て、リュブは盛大に顔をしかめた。

ワインは外に出すとすぐに酸化して味が悪くなる。

タルから出したワインは、すぐに瓶詰めしてコルク栓で封をするのが当然だ。

「香りは良いようだが、こんな雑な管理で私の口に合うワインになるはずがない」

悪態をつきながらも席を立たなかったのは、注がれたワインから漂う香りが一流だったからだろう。

リュブはグラスを指で摘んで持ち上げ、色合いを確かめる。

「色良し、なるほど見てくれは高級ワインに匹敵するな」

それからリュブはぐいっとワインを飲み干す。

「む、むむ……」

リュブの動きが止まった。

ヤランドララは上手くいったと微笑する。

「まさか、こんなにも美味いワインがこの辺境にあるとは!!」

リュブは驚いた表情を隠そうともせず、グラスに残った香りを確かめる。

「アタックは素朴にして複雑、強い果実味があり芳醇なのは間違いないがうーむ……コクと酸味は高度にバランスが取れている、甘口よりだが後味はすっきりしている、アルコールはしっかり感じるな、舌触りは上質のシルクのようだ、そして何より余韻の強烈さたるや、上品な貴妃が急に衣服を脱ぎ捨て奔放に森を駆け回るかのような野性味だ！　素晴らしいワインだ！」

なんかリュブが語りだした。

高いワインを愛飲していると聞いていたが、妖精ワインを持ってきて正解だった。

事前にウンディーネから受け取っていたのはこのワインだったのだ。

教会で活動しているリュブには飲んだことの無いワインだと思ったが、狙い通りリュブを驚かせることができたようだ。

「では二杯目は魚料理と共にどうぞ」

そう言ってリュブの前に置かれたのはおでん。

今朝、オパララに頼んで作ってもらっていたものだ。

「これが魚料理？」

リュブはちくわとはんぺんを見て首をかしげる。

「魚をすりおろしたものです」

リュブは疑わしそうな目でちくわを食べる。

「ふむ」

「むむっ！」

目を見開いた。

「ワインとも合いますよ」

ヤランドララに促され、リュブはちくわを飲み込んだ口に、今度はワインを一口含む。

「ふふ、これだから教会の外に出るのは止められない。このような美酒美食はラストウォールの内側では味わうことのできないものだ」

満足げに頷くと、大根を口にする。

「この濃い色のスープと赤ワインが中々面白い巡り合わせとなっているな。同郷のワインと料理は合うことが多いが、なるほどこれほど異質な料理であってもワインと合うのか。うむうむ、これは認めざるを得ない……この私にも満足できるものだと」

リュブは上機嫌にワインと料理を楽しんでいる。

妖精ワインに未知の料理、リュブは感動さえしている。

感動は平常心を失わせる。アルコールが入ればなおさらだ。

前後不覚になるまで酔わせてはいけない、心理誘導しやすい程度がベスト。

俺はリュブの様子を見ながら、ちょうどいい程度になるまでヤランドララと一緒にお酒を勧め続ける。

もうそろそろか……。

リットの屋敷という場所に連れ込み、お酒と料理により平常心を失わせ、そしてリュブはこちらの正体を知らず俺はリュブのことを知っている。

有利な状況を重ねてから交渉に入る。

これが特別なスキルや魔法を持たない俺のやり方だ。逆に言えばそうしなければ失敗する。

……ゾルタンで麻酔薬の販売許可をもらうのに、事前調査をサボったらものの見事に失敗してリットに助けられたこともあったなぁ。

「リュブ猊下、ご満足いただけましたか？」

「中々良かったぞ、それじゃあ私は帰るとしようか」

「酔いがさめるまでもうしばらく休まれた方が良いでしょう」

そう言いながら俺は水の入ったコップをリュブへ渡す。

「ふん、酔いをさますなど勿体ない」

リュブは水ではなく、ワインを催促する。

妖精ワインはもう飲み尽くしてしまったので、今はゾルタンで手に入る高級ワインを飲ませている。

「ふぅ、天国はここにあるのだ」

そう言ってグラスに入った赤いワインを揺らす。

今のは聖職者にあるまじき問題発言じゃないか？

「なんだ？　聖方教会枢機卿である私の言葉を疑うのか？　不敬者め、デミス神はワインをお作りになったのだ、ならばワインの中に神の国を見出すことになんの問題があろうものか」

無茶苦茶(むちゃくちゃ)な言葉だが、その口調にはつい納得してしまいそうになる自信と調子があった。

これが大陸最大の組織で権力闘争を勝ち抜いた男のカリスマか。

「ワインを飲みながらで構いません。ぜひ猊下のお耳に入れたきことがあります」

「いいぞいいぞ、美酒美食の礼だ、発言を許そう」

リュブはふんぞり返って言う。

「猊下が後見人をされている『勇者』ヴァンのことです」

リュブは予想していたようで、顔色一つ変えずに受け流す。

「彼はいずれ世界を救う『勇者』。多少の迷惑は目をつぶってもらわなければならない」

リュブは手をひらひら振って答えた。

どうやら、『勇者』ヴァンをなんとかしてくれと懇願されると分かっているようだ。これが初めてではないのだろう。

ゾルタン人はみな、『勇者』ヴァンを疎ましく思っているのだから、当然抗議する者もいる。

そうなるとヴァンに直接言うのは恐ろしいから、後見人であるリュブに話をするのは自然な考えだ。

しかし、リュブにとってゾルタンの平穏に価値はない。

この辺境で何が起ころうとも、リュブの実績に被害が及ぶことはないからだ。

それよりも『勇者』ヴァンとの経歴や関係を優先するのは、リュブの価値観からすれば迷うことすら無い判断だろう。

「というわけで中々の歓待だったと褒めてはやるが、お前達の要望には応えられん」

そう言ってリュブは立ち上がろうとする。

「どうかお待ちを。我々がお伝えしたいのは『勇者』が倒そうとしている相手の危険性についてなのです」

「なんだと？」

俺の言葉にリュブは動きを止めた。

いきなり素性も知らない相手からこのようなことを言われても話を聞くに値しないと判断するだろう。

だが妖精ワインによる感動で、リュブのような利己的な人物であっても感動させてくれたことに応えたいと思ってしまうものだ。

それで大きな判断ミスをするほど無能ではない相手だが、話を聞いてやろうという気にはなったのだろう。

「いいだろう、何の約束もできないが、話だけでも聞いてやろう」

再び席に着いたリュブのグラスに、俺は新しいワインを注いで話を始める。

「『勇者』ヴァンを倒した存在の話です」

「ふむ、知っていそうな口ぶりだが、一体何者なんだそいつは」

ここ1週間ほど、この問いに対してどう答えるかというのを何通りも考えてきた。

ルーティに直接結びつけるのは危険だ。本気のルーティを見た人はほとんどいないとはいえ、ゾルタン最強の冒険者といえばルーティというくらいにはルーティの強さは知れ渡っている。

まさか辺境のBランク冒険者がそこまで強いとは想像しないだろうが……。

よって、『勇者』を倒せるほどの説得力のある存在に関連付けることにした。

「古代エルフの遺産です」

「は？」

リュブは何を言っているんだという表情で言った。

「馬鹿なことを、古代エルフの遺産といえば機械仕掛けのクロックワークども。だがヴァンを倒したのは人間の少女だったそうだぞ」

「言葉では信じてもらえないでしょうから、どうぞこちらへ」

立ち上がった俺は、注がれたワインのグラスをちらりと見た。

「ふん……」

リュブはグラスのワインを一気に飲み干し、俺に案内されるまま地下へと下りていく。

その足は少しだけふらついていた。

＊　　　＊　　　＊

リットの屋敷、地下倉庫。

「死んでから少々時間が経っていますので……臭いはご容赦を」

「死んでから？　何かの死体があるのか」

俺は倉庫内の小部屋への扉を開ける。

「食後に嗅ぐ臭いではないな」

扉の中から漂う臭いに、リュブは顔をしかめる。

「防腐処理はしたんですがね」

俺は中にある装飾のない大きな棺の蓋を開けた。

「……オーガキンか、しかし体つきがおかしい」

「突然変異種のオーガキンです」

棺の中に入っていたのは、俺とリットがセントデュラント村で戦ったオーガキンだ。

「首のここを御覧ください」

俺はオーガキンの首にある入れ墨のような文字を見せる。

「古代エルフ文字か……お前が彫ったのか？」

「いえまさか、こちらは生前、それも成長する前に書かれたもの」

「確かに……」

「凶暴なモンスターであるオーガキンが生きているうちに、入れ墨を彫り込むのは難しいでしょう。それによく調べればこれが入れ墨ではなく、未知の技術で皮膚の深部まで着色されたものだと分かります」

「未知の技術……まさかこれが古代エルフの遺産だというのか」

「ええ、ゾルタン北西の山中には古代エルフの遺跡があります。おそらくはそこから来たものだと私は推測しています」

嘘を吐き通すのに必要なのは、できるだけ多くの真実だ。

変える部分は最小限にし、真実との矛盾点を減らす。

もし真実と一切矛盾しない嘘が存在するならば、その嘘は絶対にバレることはない。

「まさか……いやしかしこの目の前にあるものは……」

リュブは死臭も忘れて熱心に死体を調べている。

あのオーガキンが古代エルフの遺産であるというのは本当だ。

リュブが熱心に調べれば調べるほど、俺の話の信憑性（しんぴょうせい）が高くなる。

「確かに古代エルフ文字だ、それに普通のオーガキンとは異なる特徴がある」

今回の騒動、当然リュブは疑問を持ったはずだ。

あの『勇者』ヴァンを瀕死の重傷に追い込むことのできる存在が、なぜこの辺境ゾルタンにいるのか。

そんな存在がいるのなら、なぜ外に出て活躍しようとしないのか。

加護の仕組みからすれば、強力な加護には重要な役割がある。

『勇者』を倒せるほどの加護ならば、中央で華々しい活躍をしていなければならないはずだと。

その疑問に、古代エルフの遺産という答えを見せてやれば、百戦錬磨の枢機卿といえど、「本当なのかも知れない」と思う他なくなる。

「しかしヴァンを襲ったのは人間だったはず……」

「ええ、このオーガキンは古代エルフの遺産の一種でしかありません、この地の冒険者にとっては強敵でも『勇者』の敵ではないでしょう」

「ではまだ別にいるというのか」

「はい、それが『勇者』を倒した者です……レオノール王妃とゾルタンの戦争の報告書は読まれましたか？」

「報告は受けたが詳しくはまだ」

だろうな。辺境ゾルタンで起こったことの情報はほとんど中央へ流れない。

詳細な報告はレオノールとの戦いを前にゾルタンを出たシエン司教によるものまでだろう。

「こちらがゾルタンでまとめられた報告書になります」

俺は紙束を渡す。

「盗賊ギルドの報告書か？」

リュブは報告書を読み始めた。

盗賊ギルドによる報告書の体裁をとっているが、中身はリュブに見せるために俺が書いたものだ。

嘘は書いていないが、不都合な事実を伏せ、ミスリードするために重要でない事柄を大げさに書いてある。

「巨大ガレオン船を叩き断っただと？」

「まだ海中に沈没しているはずですが、ご覧になりますか？」

「……いや必要ない」

疑っていない、良い傾向だ。

「ヴェロニア王国のリリンララ将軍の活躍で勝利したものと思っていたが」

「いくら伝説の妖精海賊団船長とはいえ旧式のガレー船一隻で勝てる状況ではありませんでした。勝利を決定づけたのは突如現れた人型生物の力によるものです」

「すさまじいな」

あの海戦におけるルーティの活躍。

俺やティセやリットの活躍を大分控えめに書いたから、より際立っているはずだ。

リュブの強張った表情を見て、俺は『勇者』を倒せる危険な存在であるという認識を植え付けることには成功したと確信する。

「しかし、この化け物は一体なぜヴェロニアとの海戦に介入したのだ？」

「古代エルフの遺産の考えていることなんて分かるはずもありませんが……ただの予想ならば」

「聞かせろ」

「我々が知る限り、古代エルフの遺産が動き出した記録があるのは3度」

「3度か」

「はい、『勇者』ヴァンと戦ったのが1度、ヴェロニアとの海戦が1度」

「そしてもう1度はいつだ」

「50年ほど前のゴブリンキング・ムルガルガの残党がゾルタンを襲った時です」

ここで嘘を交ぜる。

50年前、このゾルタンで何が起こったのかなんてリュブが知るはずもないし、調べることも難しい。

分かっている事実は、戦力の乏しいゾルタンが、ゴブリンキング・ムルガルガの残党を撃退したということ。

実際はミストームさんと彼女を慕う船乗り達の活躍があったからこそなのだが、それをリュブに伝える必要はない。

「ゾルタンは平和な土地です、ゴブリン達の侵略を阻止してから最近まで大きな事件が起こることはありませんでした」

「つまりはゾルタンが危機に陥った時に古代エルフの遺産が守るということか」

「厳密には違います、注目すべきはこの町で最近起きた大事件である悪魔の加護事件では古代エルフの遺産は動いていないという事実です」

悪魔の加護事件の結果によってコントラクトデーモンがルーティに接触したことで、ルーティはゾルタンへやってきたのだから、悪魔の加護事件にルーティがかかわっていないのは当然なのだが……。

「他の事件と悪魔の加護事件との違いに私は着目しました」

「私はこんな辺境のことなんて知らん、勿体（もったい）ぶらずに結論を話せ」

「つまり悪魔の加護事件はクーデターによるゾルタン共和国という国家組織の危機でしたが、他の3つの事件は強大な武力によるゾルタンというこの土地の危機だった。おそらく、『勇者』ヴァンと戦った時もきっかけは『勇者』によって動き出したのではなく、塩竜（ソルト・ドラゴン）

達の襲撃によって動き出し、目の前の『勇者』ヴァンという脅威を排除したのだと思います」

「なるほど、古代エルフの時代にゾルタンという国があるはずもなし、この土地の守護者として作られた存在というわけか」

リュブは納得した様子で頷いている。

よしよし。

「しかしゾルタンに迫る武力に対しては強力な戦力となることでしょう……もし魔王軍がゾルタンに到達することがあれば応戦するはずです」

「その可能性が高いだろう……つまりお前達は人類のためにもヴァンにこの戦いから手を引けと言うのだな」

「はい、リュブ猊下は『勇者』ヴァンが魔王軍と戦えるほど強くなるために準備を整えていらっしゃるとのこと、しかし準備のために貴重な身を危機に晒すことはないでしょう。そして、『勇者』が死ぬことはもちろんですが、古代エルフの遺産が死んでも、人類勢力にとっては損失となります」

リュブがヴァンを魔王軍と戦わせて来なかったのは、ヴァンが十分に強くなるまでヴァンを死なせないようにするためだ。

ならば、俺が話したことがリュブにとっても一番の利になると分かるはずだ。

問題は信じてもらえるかどうかだが、そのための手は尽くした。

「名はなんと？」

「私ですか？　ウェブリーと言います」

以前俺が変装したビッグホークの手下の名前を名乗る。

ゼロから人間を作るよりは、誰かをモデルにした方がボロが出ない。

「お前の言うことはもっともだ……私からヴァンにこのままゾルタンを去るべきではないかと進言はしよう」

よし！

俺とヤランドララは上手く行ったと目配せする。

だがリュブの様子がおかしい。

「どうしました猊下？」

「進言はする……するのだが」

悩ましいというような表情でリュブは首を振った。

「最近、ヴァンは私の言葉にも従わなくなってきている……」

「ヴァンは教会の『勇者』ではないのですか？」

「そのはずだ、そのはずだったんだ……だがヴァンは凡人より至高神デミスに近いのだろう」

「ですがヴァンを止められるのは猊下しかいません」

「そうだな……話をしてみよう。また古代エルフの遺産についての情報が分かったら伝えてくれ。私の泊まっている宿は分かるな？」

「はい、なにか分かりましたらお伝えします」

「うむ、よろしく頼むぞ」

リュブはまるで部下に命じるような態度で俺にそう言った。

この交渉、狙い通り上手く行ったな。

第三章　ときには迷うこともあるさ

翌日、ヤランドララが泊まっている宿の部屋。

「ここ数日の成果はこんな感じだ」

俺とリットの報告を聞いて、仲間達は頷いていた。

メンバーは俺、リット、ルーティ、ティセ、ヤランドララ、ダナン、エスタ、アルベールの8人だ。

「古代エルフの遺産か」

仮面を被ったエスタは面白そうに笑っている。

素顔だった頃よりよっぽど表情豊かだ。

「思いも寄らないことを考えるものだ、信じ切ってヴァンを説得していたリュブの姿は傑作だった」

「俺はあのリュブ枢機卿にデタラメを信じ込ませたレッドさんの手腕に驚くばかりでした」

アルベールは、そう言って感心している。

「リュブと私はゾルタンから出て行くことを主張しているが、ヴァンとラベンダは残ってルーティを捜すことに固執している。まぁ、ラベンダはヴァンの意見を肯定しているだけで、本人はルーティと戦うことに意味を見出(みいだ)しているわけではないだろうが」

「ここまでは予想通りの動きだな」

リュブを説得したことで、ヴァンがルーティを捜すことにリュブの協力が得られなくなる。

教会の権力者であるリュブが協力しなければ、ゾルタン人に嫌われているヴァンに協力するものはなく、ルーティを捜す方法はヴァンが直接捜すしか無い。

こうして時間を稼いでいる間に、リットがラベンダを説得するというのが今のプランだ。

「ラベンダとの交渉も悪くない感触だったけど、彼女の一途(いちず)な愛は難敵ね」

「リュブの方はもう関係の維持だけで問題なさそうだから、これからはラベンダの攻略と、ヴァンの問題に集中しよう」

「ラベンダの方はまだ勝算があるけど、ヴァンの意志はどうかな？」

リットの疑問にエスタは首を横に振って答える。

「どうもルーティと戦ってからのヴァンは様子がおかしい。以前のヴァンなら、リュブにあそこまで強く言われれば従っていたはずなのだが」

「『勇者』がルーティを殺すことに執着しているのか？」

ダナンが唸る。

ふむ？

「『勇者』の衝動は正しくあることだ、神の教えに従うことで正しくあるという衝動を満たされるというのも分かる。だがルーティを倒して加護レベルを上げることにそこまで衝動を感じるものか？」

加護レベルを上げるというのは、加護を作った神の教えなので、そのことを重視するというのは『勇者』の正しさの範疇だ。

だが加護レベルを上げるのに戦う相手がルーティである必要はない。ヴァンは南洋で加護レベルを上げてきたように、加護を持つ強敵と戦っていれば加護レベルは上がるのだ。

「さぁな、他人の加護のことなんて分からねぇよ」

ダナンは考えるつもりもないようで、ゴツンと拳で膝を打って唸る。

「戦えねぇってのはストレスたまるなおい！」

「ダナンは戦闘になった時の切り札だから、それまでは我慢してくれ」

ルーティを戦わせるわけにはいかない以上、こちらの最高戦力はダナンだ。

単独でヴァンを止められるのはダナンしかいない。

「そうか？　レッドもあいつくらいなんとかなるんじゃねぇか？」

「無茶を言ってくれるなぁ、ヴァンはダナンとヤランドララの２人を相手に渡り合ったんだぞ」

「塩竜の横槍さえなけりゃ、あの場でぶっ殺してたがな」

ダナンは悔しそうに言った。

殺したら殺したでとても面倒なことになるからやめて欲しい。

「……まぁ『勇者』は人類の希望だ、今のヴァンはとてもそうは見えないが」

エスタが言った。

「『勇者』だからといって世界を救うよう強制するつもりはないが、その力が他人に迷惑をかけているのなら導くのも、かつて勇者のパーティーとして旅をした我々にしかできないことなのではないだろうか」

「そうだな……とにかく問題を一つ一つ片付けていこう、今はラベンダとの交渉だ。リットがメインとなって動くから、みんなサポートを頼む」

「うん、頼りにしてるね」

俺の言葉にリットは笑って答える。

「私はやることがない」

そんな俺達を見てルーティは口をとがらせている。

ルーティのことがバレてしまうことは最も避けたいことなので、ルーティは誰かが命を落としそうな状況に追い込まれた時の最後の手段として待機してもらっている。

もちろん、そうならないよう行動しているわけで、ルーティの出番が来ないことが望ましい。

「みんな頑張っているのに」

ルーティが「むーっ」としているのを見て、俺達は笑った。

「ルーティには日常を守るって仕事があるから、俺やリットやティセがいない間、薬屋と薬草農園のことを頼むよ」

「確かに大切なことだった」

ルーティはハッとした様子で目を見開くと、笑顔になった。

「お店のことは任せて、もう薬の場所も効能も全部憶(おぼ)えた」

「頼りにしているよ」

「うん」

この間の長期休暇で客には不便な思いをさせてしまったことだし、しばらくは店を空けることはしたくない。

ルーティがいてくれて助かっているのだ。

「待って」

それまで発言せずにいたヤランドララが鋭い声を上げた。

「ヴァン達が動いた！」

ヤランドララの植物と心を通わせる能力を使った察知。

すでに長時間生活し、そこにある植物を把握している土地であれば、その広範囲にわたる感知能力は通常の魔法やスキルによる感知とは一線を画する。

「こちらに向かっているみたい！」

「ラベンダの能力で察知されたか」

隠れていたティセを察知した能力だろう……次の接触はこのレッド&リット薬草店になる。

俺は真剣な表情で、次の指示を出していった。

＊　　＊　　＊

カランと店の扉についたベルの音がした。

足音は2人。気配は3人。

「いらっしゃい」

カウンターに立つリットが声をかけた。

「リット」

ラベンダの声だ。

「こんにちはラベンダ、それにヴァンさんとリュブさんもいらっしゃい」

「ここにあんたと一緒にいた大男とエスタ、アルベール、あとティセも来てるんでしょ」

「………」

「しらばっくれる気？」

「いいえ、どうして分かったのか驚いただけよ。ええ、あなたの言う通りみんな来ているわ」

「ほら私の言った通り！」

ラベンダは小さな胸をそらして威張っているようだ。

「エスタはリットとつながっていたのよ！　私達を裏切っていたんだわ！」

「むむむ」

リュブの声は困惑している様子だ。

「裏切るっていうのは、仲間を陥れることを言うんでしょ？　エスタがそんなことした？」

「私達に黙ってコソコソ動いていたんじゃない！」

「まぁ、お店の中で話すことでもないし……いいわ、奥にエスタもいるからそこで直接話しましょう」

リットは動じる様子もなくそう言った。

その態度にラベンダは少しだけたじろぎ、リュブには安心感を与えたようだ。

だがヴァンは。

「へぇ、いろんな薬があるんだなぁ……あ、この薬は買って帰ろう」

無邪気に棚に並べられた薬を眺めていた。

リットの案内に従って、ヴァン達は居間へと通された。

部屋にいるのは、エスタ、アルベール、ティセ、そして今入ってきたリットとヴァン達だ。

「大男は？」

「ふっ……あいつとリュブ枢機卿が同席すると部屋が狭いから別室に行ってもらったよ」

エスタはそう言って、ヴァンを見る。

「説明しようと身構えていたが、どうやらヴァンは私が裏切ったとは思っていないようだな」

ヴァンは首をかしげる。

「そういうわけじゃないんですけど、これから説明してもらえるんでしょう？　裏切り者だと敵視するのは、裏切り者だと分かってからでいいじゃないですか」

屈託ない笑い声が聞こえた。

以前よりも性格がさらに人間離れしてしまっている。

「さあエスタ！『私は裏切り者です、ここでヴァンに殺されても仕方がありません』って白状しなさい！」

「私達のお店で物騒なことしないでよ」

「ダメ、ヴァンは絶対正しいんだから、ヴァンが斬りたいと思った時に斬っていいの！　それを邪魔する権利なんて誰にもないわ！」

「困った妖精ね」

　リットが苦笑した。

「そんなことにはならないさ」

　リットに代わり、エスタが言葉を続ける。

「裏切ったなどと思われるのは心外だ。私がリュブ枢機卿に頼まれたのは、ヴァンの敵の正体を探ることだろ？　それを調べるために、敵について詳しい者と接触するのは当然の行動だ」

「詳しい？」

「それについてはリュブにも伝えたはずだ。あの盗賊達はここにいるリットの手下だ」

「何だと？」

　リュブの問いかけにリットは余裕のある表情のまま答える。

「私はこの町で活躍していた冒険者だったの。あいつら私が潰した盗賊ギルドのある幹部派閥の人間よ」

予め考えていた嘘だ。

リットは言い淀むことなくスラスラと語る。

「当然エスタにも接触を試みた。そして、リュブ猊下と同じようにヴァンが古代エルフの遺産と戦う必要はないって納得してくれたのよ」

「むむむ」

「エスタはヴァンの利益のために行動している、古代エルフの遺産との戦いを避けるという結論の妥当性はリュブ猊下だって理解しているはずでしょう？」

「ええ、まぁ……」

リュブは困った表情で答える。

ラベンダは言葉が出てこず歯噛みしていた。

……さて、もうルーティとヤランドララは遠くまで脱出しただろう。

少なくとも俺の能力じゃもう気配も辿れない距離だ。

そろそろ頃合いか。

＊　　＊　　＊

「おいレッド、本当に良いのか？」

俺の隣にいるダナンが小声で言った。

俺とダナンは作業室で一緒に隠れている。

ヴァン達の様子を、俺とダナンはここで声を聞いて把握していたのだ。

「もう少しリットとラベンダの交渉の先行きを見てからにしようかとも思ったが、向こうから動いてきたならここで仕掛けるのも良い手のはずだ」

「まっ、驚きはするだろうな。フェイントかけて空いた隙間に拳(こぶし)を叩(たた)き込むのは確かに楽しい瞬間だぜ」

ダナンは今の状況を武術にたとえて笑う。

「それじゃあ行くか」

「ああ」

俺とダナンは音を立てず隠れていた部屋から出た。

居間ではラベンダが甲高い声で文句を言っているのを、リットが上手(うま)くいなしている。

「誰かいる？」

ヴァンが奥にある扉を見て言ったのが聞こえた。

「あの大男ね、何よ結局出てくるんじゃない！」

ラベンダはドタバタとテーブルの上で暴れている。

「……彼のことをリュブ猊下は知っているんじゃないかな」

リットの声にはわずかに緊張した調子がある。

俺とダナンの2人がいるのに、彼と言ったのは、俺に対して本当にいいのかという念押しの意味も含めているのだろう。

だが、相手が『勇者』である以上、俺も腹をくくるべきだ。

「……分かった」

リットは小声でそう言うと、鋭い視線でヴァンを見る。

「ラベンダに話した私の恋人を紹介するわ、レッド入ってきて」

俺は扉を開ける。

「あなたは僕の盾を奪った剣士!!!」

ヴァンが剣に手をかけた。

だがその動きを制するかのような大声が部屋に響く。

「馬鹿な!!　ギデオンとダナンがなぜここに!!!」

驚愕(きょうがく)したリュブの様子に、ヴァンとラベンダすら動きを止めていた。

「ギデオンとダナン……まさか勇者ルーティのパーティーの!?」

「そうだ！　あの2人こそラストウォール大聖砦(だいせいじょう)にて勇者ルーティと共にいた戦士達！」

ここまで目の前で起きている物事に興味のなさそうだったヴァンも、俺達の登場に注意を向けざるを得ない。

　これでエスタとティセとリットがつながっていたことはうやむやにできるだろう。

『勇者』であることを重視するヴァンにとって、『勇者』の仲間であった俺とダナンの存在は唯一自分の思想に影響を与える価値のあるもののはずだ。

「なぜ……勇者ルーティの仲間がここに⁉」

　ヴァンの問いかけに俺とダナンは顔を見合わせる。

「見ての通りだ」

　ダナンは右腕を上げた。

　袖がめくれ、肘から先が無くなった腕があらわになる。

「不覚を取った」

「なんと……」

　リュブは絶句している。

　ダナンの強さは、かつてラストウォール大聖砦での戦いで、枢機卿であるリュブも目の当たりにしたはずだ。

「だがこれで古代エルフの遺産が来る前にヴァンと戦っていたやつらの正体が分かっただろ？」

「『勇者』ルーティの仲間ならヴァンと互角以上に戦えるというわけか……」

「私が積極的に情報交換しようと思った理由がこれだ。魔王軍と戦う者として彼らに敬意を持つのは当然だ」

「私は彼らがこの町に滞在していたのは知っていましたから、この町の冒険者として頼るのも当然です」

エスタとティセが堂々と言った。

「なるほどそういうことだったんだね」

ヴァンは素直に納得している。

よし、これからはエスタやティセとも堂々と連絡が取れるな。

問題は一つずつ解決していこう。

「でも、だったらなぜ勇者ルーティの仲間が僕を攻撃したのだろう？」

ヴァンは本当に分からない様子でそう言った。

ダナンの額に怒りで青筋が浮かぶ。

やばい！

ダナンが爆発する前に俺は慌てて説明を引き継いだ。

「それは君が人々に危害を加えようとしたからだ」

「危害？」

「勇者が戦う理由は、苦しんでいる人々を救うためだ。俺達は勇者のパーティーを抜けたが、それでもこの町の人々が苦しむことは防ぎたいと考えている」

「それは誤解だよ、僕はみんなを迷いから救って加護の教えに忠実な生き方ができるようにしようと思ってやったんだ」

「それが君の勇者の在り方か。だが俺達のルーティはそうじゃなかった」

「……『勇者』ルーティが」

「魔法で心を操られることも、親しい人が殺されることも、故郷を失うことも、すべて『勇者』が救うべき人々の苦しみだ。決して、『勇者』が作り出すものじゃなかった」

ヴァンは納得できない様子で俺の目を見ている。

「僕は『勇者』だ。僕の『勇者』は衝動によって僕の行動が正しいことを教えてくれる」

「だが俺は『導き手』だ。この世界で唯一、『勇者』を導く役割を神から与えられた者だ」

「……それは」

初めて、ヴァンは言葉につまった。

その目に一瞬迷いを見せた。

信仰と加護を絶対視するヴァンにとって……『導き手』である俺の存在は天敵だ。

『導き手』は唯一、『勇者』に影響を与えるために作られた加護なのだ。

これが、こうしてヴァンを相手に俺が正体を明かす気になった最大の理由。

もしこの世界にヴァンを説得できる人間がいるとしたら、俺しかいないと思ったのだ。

「ヴァン、俺は君と話をしなければならないと思っていたんだ」

「…………」

ヴァンは迷っている。

『勇者』であることがヴァンの決断の拠り所であるのに、その『勇者』に影響を与えることが役割の俺の言葉を否定することができない。

だがその時、小さな影がヴァンと俺の間に立ちはだかった。

「ヴァンを惑わすのは止めて！　ヴァンはいつだって正しいのよ！」

立ちはだかったのはラベンダだ。

「ラベンダ」

「リット、私の恋は誰にも邪魔させないわよ！」

リットがラベンダと向かい合う。

だが心なしか、俺達を睨みつける目より、リットに向ける目は敵意が薄いように俺には思えた。

「ええ、私もあなたの恋を邪魔するつもりはないわ……ただ紹介させて欲しいの」

「…………」

リットは表情を崩し、穏やかに笑う。

「彼が私の恋人なの」

「……そう」

「ラベンダ」

「何よ」

「レッドと一緒に暮らすゾルタンの日常は私の恋よ、だから誰にも邪魔させない」

「……!!!」

ラベンダが明らかに動揺した。

ラベンダもヴァンとは違う意味で、強烈な価値観を持っている。

どれだけ理論武装した言葉を語ろうが、ラベンダの価値観を崩すことはできないだろう。

唯一ラベンダに届く言葉があるとすれば、それは同じ恋しかない。

「今日はお互いのことを知ることができた、ヴァンにとってもあなたにとってもリュブ猊下にとっても、そして私達にとっても意味のある出会いだった……今日はそれで終わりということでどうかな」

「………………」

ラベンダはリットを睨みつけたまま、だがヴァンの肩へと移動した。

「ほぉ」

リュブはラベンダが引き下がったことに驚いているようだ。

「さすがは勇者の仲間ということか……では後日あらためて話す機会を設けるということでいいか？」

「ああ、お互い混乱した状態で話をするのは良くないだろう？」

「そうだな……ヴァン君もそれで異論はないか？」

「……はい」

ヴァンは覇気のない声で頷(うなず)くと、じっと考え込んでいるようだった。

＊　＊　＊

ヴァン達が帰った後。

レッド&リット薬草店居間。

「帰してしまってよかったんですか？　あのまま混乱しているうちに畳み掛ければヴァンを言いくるめられたかも知れませんよ」

ティセの質問に俺は首を振って答える。

「確かに一時的に納得させることはできたかも知れない、だが、ヴァンなら必ず我に返るよ」

ヴァンの中にある信仰という価値観は揺るがない。

必要なのはブラフ(言いくるめ)ではなくネゴシエート(交渉)だ。

ヴァンの信仰から見ても納得できる答えを見つけなければ、ヴァンはルーティを諦(あきら)めないだろう。

「そんな答えあるんですかね」

「さてなぁ……」

『導き手』の加護を持ち出せば、ヴァンが話を聞いてくれるという可能性は高いと思っていた。それを最初からしなかったのは、話を聞いてもらったところでそこからヴァンの考えを変える言葉が見つからなかったためだ。

「ヴァン達のこと、何手先までも読み切って完全に手玉に取っていたように見えていましたが……」

「そう見せかけるのが交渉術だよ」

俺は笑って答える。実際、あの時の態度ほど余裕があったわけじゃない。

ラベンダが持つ感知能力によって、仲間同士の連携が取れなくなるのがどうしてもまずかった。

試しに中央区からは離れた俺の店で集まってみたのだが、ここもラベンダの感知範囲だった。

となればあの場で俺やダナンの正体を隠しながらごまかすとしても、今後直接会って情報交換することが難しくなってしまう。

俺達が接触することをラベンダから不自然に思われないためにも、あの場で俺とダナン

「だからといって、バカ正直に俺達は今困っていますと相手に伝える必要はない。全部予定通りだという顔してた方がいいのさ……あー、緊張した」

「お疲れ様、すっごくカッコよかったよ」

俺が椅子に座って脱力していると、リットがお茶を持ってきてくれた。

「はい、とっておきのお茶」

「ああ、良い香りだ」

茶葉も良いものを使っているが、それに加えてこれはスプーン一杯ほどの蜂蜜酒(ミード)が入っているな。

前にリットと2人で蜂蜜酒を一緒に飲んだことを思い出して心が安らぐ。

「ひとまず状況は改善されましたけど、ここからどうします？」

ティセに聞かれ、俺はコップをテーブルに置いて考え込む。

「そうだな……やはりラベンダの説得から進めたい。リットのサポートがメインだ」

「ヴァンの方はいいの？」

「もちろんヴァンは俺が対応する……だけど交渉は何度もできない」

ヴァンが迷っているのは『勇者』に影響を与える『導き手』という加護に対して、どう解釈すればいいのか分からないからだ。

だがおそらく、ヴァンは3回も話せば自分の中で答えを決めてしまうだろう。不意打ち気味の衝撃で与えた迷いから『勇者』が立ち直るのに、長い時間をかけるはずがない。

「今回で1回、つまり交渉できるのはあと2回だけだろう……さて、どうすればいいか……すぐには思いつかないな」

「レッドさんがそんな行き当たりばったりな行動を取るとは、それだけ苦しい状況だったということですか」

「ラベンダを説得して何か良い変化が起こることを期待したいが……俺もしばらく考えてみるよ」

俺は再びコップのお茶を飲んだ。

俺の話を聞いていたダナンはため息をつくと後頭部をボリボリ掻いた。

「はぁ、面倒くせぇな、誰かぶっ飛ばしたらはい解決みたいな敵が欲しいぜ」

「魔王軍を相手にしていた時のようにはいかないわよ……私もいい加減そんな気持ちだけど」

ダナンとヤランドララはそう言い合って苦笑している。

確かに、俺も戦って解決する単純さが恋しくなってきたなぁ。

第四章　錯乱、そして暴走

人生とは何が起こるか分からない。

起こった事象に理由はあっても、その理由を事前に読み切るのは神ならぬ人間の身では到底叶(かな)うことではない。

つまり何が言いたいかというと……問題が発生したのだ。

「お忙しいところ本当に申し訳ありません」

ヴァン達が俺の店にやってきてから5日後。

今日、店にやってきたのは冒険者ギルドの受付嬢メグリアさんだ。

冒険者ギルドの制服を着た彼女は、申し訳無さそうにうつむいている。

この場にいるのは、俺、リット、ティセ、ダナン、ヤランドララの5人。

ルーティは薬草農園で仕事中だ。

「どうしてもルーティさんとティセさんに依頼を受けていただきたく……シーボギーの群れが海岸で発見されて……」

「……放置はできないですね」

シーボギー……〝海から来るモノ〟。

大まかには帽子を被った人間の男性のような形をしているが、頭に見える部分は擬態で本当の顔は腹の部分にある。

生来の能力として精神に干渉する恐怖のオーラを放ち、恐怖した相手の生命力を奪い自身の能力を強化するという能力を持つ。

恐怖のオーラに耐えられる力を持たなければ、討伐難易度は大きく上がる。また弱い冒険者を集めて数で圧倒するという方法は非常に危険だ。

格下キラーと呼ばれるモンスターの一種なのだ。

そして最大の問題は、シーボギーが人間の集落に及ぼす危害の種類にある。

シーボギーはブギーマンの亜種、子供食いをするモンスターだ。

村を略奪したり滅ぼしたりするタイプのモンスターではない、だが子供を狙って攫い食べる。

そこに合理性はない。

なぜ人間の子供でなければならないのか、生物学的な理由を探すことは困難だ。

だが事実としてシーボギーは、腹部にある巨大で真っ黒な口を開け人間の子供のみを狙う。

悪意から生み出されたような、人間を苦しめるために存在するモンスターだ。

それでもCランク中堅冒険者であれば倒せるのだが……。

「全員出払っていてすぐに動ける冒険者がいないのか」

こういう状況になったのには、ヴァンの行動が思わぬ形で関係している。

ヴァンは座礁した魔王の船を動かすのに、労働者を大量に雇い賃金としてお金をばらまいた。

そうして経済が回り、裕福になったいろんな組織がこれ幸いと放置されていた問題の解決のため冒険者に依頼を出しまくったのだ。

割の良い依頼に目を輝かせ、ゾルタンでは優秀な冒険者達は全員依頼を受けてゾルタンを離れていた。

またヴァンが南洋で食物連鎖の最上位にいた大型モンスター達を片っ端から倒したことでモンスターの大移動が起こり、結果シーボギー達は沖から沿岸へと移動することになったのだろう。

ヴァンにこのような意図は無かったと思うが……こういうこともあるのがこの世界だ。

「誰かが依頼を受けないといけないのは分かっているんだが」

問題は誰に任せるかだ。

もちろん、俺の仲間達なら1人で解決できる。

だが、今はヴァンの件で誰もゾルタンから離れさせたくない。

俺とリットはヴァンとラベンダの交渉がある。

ヤランドララの植物を操る力はヴァン達の様子を探るのに必須だ。

ティセは戦闘になったときの避難経路を準備し、またエスタとの連絡も行っている。

ダナンはこちらの最高戦力、今仕事がないとはいえすぐに動ける状態にしておきたい。

そしてルーティは今目立つわけには行かない、ルーティがヴァン達に見つかるのは最悪の状況に等しい。

となれば……。

ちらりとティセの肩に乗る小さな影を見る。

うげうげさんは任せておけとばかり、飛び跳ねた。

「いやいや、さすがにそれは……」

うげうげさんは頼れる蜘蛛で多分シーボギーの恐怖のオーラも平気だが、単独ではCランク冒険者でも苦労するシーボギーの群れをやっつけるのは危険だろう。

いやでもうげうげさんだしなぁ……。

「ゴブリンの群れ程度ならともかく、シーボギーはいくらうげうげさんでも無理です」

ティセがはっきり断った。

うげうげさんはしょんぼりしている。

……うげうげさんは、ゴブリンの群れ程度なら倒せるのか。

「やはり私が可能な限り迅速に討伐するしかないでしょう」

ティセが言った。

不安もあるが、ヴァンとの関係が落ち着いている今の状況だとティセに任せるのが次善の選択か。

「……いや」

俺はふと思いついたことを頭の中で検討する。

上手(うま)くいくか？

「リット、ダナン、俺の3人で依頼を受けようと思う」

「英雄リットが受けてくれるんですか!?」

「ああ、今回は事情があって特別だよ」

「ありがとうございます！　良かった、これで安心です！」

メグリアさんはホッとした表情で笑うと、丁寧にお辞儀をしてから帰っていった。

「2人共、勝手に決めて悪かったが協力してくれないか？」

「もちろんいいぜ、相手は雑魚(ざこ)だが暴れるのは悪くねぇ」

「私もいいけど……ヴァン達のことはどうするの？」

リットの疑問は当然だ。

俺は一呼吸置いてから話を始めた。

「実は、ヴァンを誘って、一緒にモンスター討伐に行こうと考えているんだ」

「「「ええええっ⁉」」」

全員驚いて声を上げた。

「マジかよ、あの野郎と一緒に戦えってのか⁉」

「ヴァンと交渉できるのはあと2回なんでしょ、ここで会って大丈夫なの？」

「それにヴァンは人を救うことよりモンスターを倒して加護レベルを上げることを優先します、何か問題を起こさないか不安です」

ダナン、ヤランドララ、ティセは本当に大丈夫なのかと不安そうだ。

「リットはどう思う？」

俺はリットに意見を求めた。

「そうね……」

じっと考えていたリットは、真剣な表情で答える。

「あれから毎日ラベンダと話をしていたけど、あと一歩踏み込むのに何かキッカケが必要だと感じていたの……これ以上言葉を重ねるより、私とレッドの在り方を見せる方が届くんじゃないかって、そう思った」

「俺達と一緒にシーボギーの討伐に行くことに、ラベンダは同意すると思うか？」

「ヴァンが行くと言えばラベンダも同意するわ、討伐について邪魔はしないと思う」

「だが俺がヴァンと会話するのは邪魔するか」

「うん、できればレッドとヴァンが話す時に邪魔をしない約束をさせたかったんだけど、まだそこまでいけてない」

「仕方ない、ヴァンも難しい相手だがラベンダも同じように難しい。それも含めてこの冒険で解決できないかやるしかない」

ヴァンを説得する言葉が思いつかないのなら、環境を変化させて隙を引き出すしかない。

また出たとこ勝負で交渉することになるなぁ。

「交渉するレッドとリットが良いっていうなら俺も異論はねぇよ。それに何かあった時のために俺を連れて行くんだろ？　ヴァンの野郎と肩を並べるなんて気分悪ぃが、我慢してやるよ」

ダナンはそう言って自信に満ちた顔で笑う。

自分のやるべきことを、ダナンはいつだって分かっている。

こんな大胆な交渉に出られるのも、最強の武闘家であるダナンがこちら側にいるからだ。

「モンスターと戦いながらヴァンにも警戒してもらうことになるけど、よろしく頼む」

「任せろって」

よし、相手は危険なモンスターだ、さっそく行動しよう。

＊　＊　＊

2時間後。

南への街道。

「どいた！　どいた！」

手綱を持つ馬丁の掛け声は威勢がいいが、荷車を引いたロバは急ぐ素振りもなくのんびり細い街道を歩いていく。

荷車には海魚とヤシの実が積まれていた。

この街道は海岸の漁村とゾルタンを結ぶもの。

大陸中央へ向かう西の街道と違って、整地も雑で細い。

もちろん石畳ではなく砂利を敷いただけの道だ。

「全く、あんなののために道を空けるなんてお人好しなんだから！」

荷車を避けるため街道脇に移動したとき、水たまりを踏んづけたことで泥まみれになったヴァンの靴を見てラベンダはギャアギャアと怒っている。

だが、人間が移動するのと荷車を移動するのと、どちらが面倒かといえば荷車だろう。

お人好しでもなんでも無い、当然の判断としかいいようがない。

ラベンダに言っても絶対納得してくれないから言わないけど。

「もう少しで到着だ、そろそろ戦う準備をしておいてくれ」

「いつでも大丈夫だよ、『勇者』は常に戦う準備ができているから」

俺の言葉にヴァンは明るい口調で答えた。

戦う前とは思えない態度だが、これが『勇者』ヴァンだ。

ヴァンにとって戦いとは特別意識を切り替える必要のあることではなく、日常の一部なのだ。

確かに加護は日常と非日常で衝動を切り替えたりはしないから、これこそが神の求める姿なのかも知れないが……俺は戦いのない時は少し大雑把になるルーティが好きだ。

完璧な『勇者』ではないルーティという個人の性格が出る部分。

『勇者』から解放される前であってもルーティはそこにいた。

ではヴァンも今そこにいるのだろうか？

『勇者』の衝動に１００％従う勇者。

もともと衝動に反しない人格ならば、強力な衝動で人格に影響がでることはないだろうが……ヴァンという人間をよく知らない俺には、加護に触れる前のヴァンがどうだったのか知る由もない。

「見えた」

ヴァンが言った。

海岸を列になって歩く黒い影達。

背の高い体を折り曲げ、足を引きずるように歩く姿は不気味だ。

「シーボギーの群れだ」

「じゃあ、僕とレッドさんが前に出て戦うということでいいんだよね」

「ああ、リットとラベンダは魔法で援護、ダナンは離脱しようとするシーボギーを仕留めてくれ。1体でも逃げられたら厄介だ」

「俺も思いっきり暴れたいところなんだがなぁ、まぁ任されたからにはやるぜ」

ダナンに任せれば討ち漏らしは気にしなくていい、俺達は向かってくる敵に専念し、それ以外は任せて大丈夫だろう。

俺はモンスターを討伐すると同時に、ヴァンの価値観へも一撃を打ち込まなければならない。

ダナンはヴァンとラベンダが敵対してきたときのための戦力でもあるが、俺がヴァンとの交渉に注力するための人選だ。

俺は安心して剣を抜く。

「なぜ銅の剣なの？」

ヴァンが俺の剣を見て言った。

ヴァンの剣はルーティが持っていた降魔の聖剣のレプリカだ。

最近鍛えられたもので由来があるものではないと思うが、その切れ味は古い時代に鍛えられた魔法の剣にも劣らないものだ。

俺の銅の剣とは比べるべくもない。

「パーティーを抜ける時、装備はすべて返したんだ。世界を救う戦いから降りた俺にはもう必要ないものだった」

「でも世界を救う戦いでなくても、僕達はみんな生きている限り戦わないといけないはずでしょ」

「そうだな、だからこうして銅の剣を持っている」

「うーん……」

ヴァンは分かったような、分からないようなという顔をしていた。

エスタとの問答とはまた違う、『勇者』以外の加護の在り方。

ヴァンは自分の加護については絶対の自信を持っているが、他人の加護については分からないことも多いのだろう。

加護に従うという信仰を重視するあまり、他人の加護に基づいた行動については断言ができない。

だから『勇者』について語るよりも、『導き手』について語る方が効果的だと見た。

「よし、俺は右から、ヴァンは左から頼む」

「はい！」

俺達は一気に駆け出すとシーボギーの群れへ左右から斬り込んだ。

「わはははは」

シーボギーは人間の笑い声のような音で鳴く。

その不気味な声は、魔法的な効果はなくとも武装しただけの村人にはとても恐ろしいものに感じるだろう。

そして恐怖はシーボギーに力を与えてしまう。

「『勇者』であるヴァンは恐怖することがないから、その点は安心できるな」

知能は動物よりは高いが人間ほどはない程度。

戦闘は高度な戦術など取ってくることは普通無いが……。

「ファントムペイン」

「サークルオブフィアー」

「ホラー」

精神作用の魔法が次々に発動される。

シーボギーの特徴は、『妖術師(ソーサラー)』の加護持ちが非常に生まれやすいということだ。シーボギーの3体に1体は『妖術師』であり、様々な魔法を操る。

彼らは精神作用の魔法、その中でも恐怖と痛みを好んで習得する。

……戦い以外でも攫ってきた子供に対しても使うという。

モンスター学者によれば、シーボギーは恐怖と痛みで泣き叫ぶ子供をより好んで食べるようだ。

この世界に住むモンスターの中には、何としてでも討伐しなければならない共存不可能な悪意も存在していた。

「春の精霊よ、雪解けの角笛を吹き鳴らせ！　ソォーイングホーン！」

リットの精霊魔法によって、角笛の音が戦いの場に響いた。

士気向上の魔法、恐怖に対するカウンターだ。

恐怖をエネルギーに変えるシーボギーにとっては、逆にひるませることにもなる。

「ファントムペインは残るが、これくらいなら大した問題にもならない」

「『勇者』にこんな魔法は通じない！」

幻の痛みによって相手の動きを阻害する小技の魔法。

針で刺したような痛みが走るが、実際に傷になることはない。

「「はぁ!!」」

「わは、はは、わはは！」

不気味な笑い声を発しながら、シーボギー達は倒れていく。

「大した敵ではないけど……それでも『勇者』は悪を討つ！」

さすが『勇者』だな。

鉤爪（かぎづめ）で襲いかかってくるシーボギー達を次々に斬り倒していく。

相手の急所を狙った正確無比な一撃。

〝クリティカルヒット強化〟のスキルと、〝上級武器熟練〟のスキルか。

異形が相手でも急所となる部分をスキルで見抜き、武器を正確に振るうことのできるスキルで剣を振るう。速くて正確、力強さもある。

だが意思がない。

ヴァンの剣は決められた動作をただ繰り返しているような、そんな印象を受ける。

あれだけ執拗（しつよう）な殺しの剣を振り回しながら、相手を斬り殺してやろうという心が剣に乗っていないのだ。

「なるほどな」

無我の剣という境地もあるそうだが、それとは別物だろう。

機械の剣とでも呼ぶべきか、いや加護の剣の方がいいか？

「わははは」

「おっと、当たってはやれないな!!」

俺は鉤爪をかわしながら、反撃の一太刀でシーボギーを斬り捨てる。

続けて背後にいたヤツを斬り、さらに仲間の屍を踏み越えて飛びかかってきたシーボギーの鉤爪を一旦外してかわし、体勢の崩れたところで斬る。

ヴァンの方は、ふむ……。

俺は剣を下段に構えて駆け出した。

「……！」

ヴァンの左腕にシーボギーが噛みついた。

だがヴァンは戦いの表情のままシーボギーに剣を突き立てた。

致命傷。

だが、突き刺さった剣を抜くのにまたわずかな隙ができる。

多勢を相手にはあそこまで深く突き立てるのは悪手だ。

動きを止めたヴァンへと殺到するシーボギー達を、俺は飛び込みながら次々に3体斬り捨てた。

「ギデオンさん、僕なら大丈夫だよ」

「〝癒しの手〟を前提にしている戦い方だな、だがその戦い方は防御をしないのかできないのかどっちだ？」

「僕はいつだって全力で戦っているだけだ！」

取り囲もうとしてきたシーボギーに対し、俺達は背中を合わせて迎え撃つ。

「格下相手にそんな負傷を前提とした戦い方はやめとけ！」

二振りの剣が煌めき、砂浜をシーボギーの血で染める。

「悪と戦うのに手は抜かない、これが『勇者』の戦い方なんだ！」

「手抜きは楽をするためにやることだ、相手によって戦い方を変えるのはそうじゃない」

大量にいたシーボギーも、もう10体ほどしか残っていない。

「何体斬った？」

「え？」

「倒した相手の数も分からないのか」

「どうしてそんなことを気にする必要あるのかな？」

ヴァンは意味が分からないと首をかしげた。

「『勇者』に必要なのは悪を倒すこと、その数が一でも万でも那由多でも、僕は戦い続けるだけだ」

「ヴァン、君は弱いな」

「僕は強さを求めているわけではないけれど、『勇者』は神から最強の役割を与えられている、加護レベルを上げて誰よりも強くなるつもりだよ」

「最初にいたシーボギーが45体。俺が24、ヴァンが17、ダナンが2、リットが1だ」

「……それが何だというんだ」

最後に残ったシーボギーを、ヴァンが倒す。

これで討伐完了か。

「多く倒したということは、それだけ戦いにおいて重要な役割を果たしたという目安だ。超絶の力を持つ『勇者』にしては、ヴァンのシーボギーを倒す速度は俺より遅かった」

「それは……」

「『勇者』は特別な加護だというのなら、この状況は改善しなくてはならないな」

ヴァンは言い返す言葉が見つからないのか、剣を収め黙りこくっている。

エスタはこういうことは言わなかったんだろうな。

エスタにとって『勇者』は特別な存在であり過ぎた。

多分、成長した後のルーティしか見ていないからだろう。

だけど俺はルーティがまだ力を持たなかった頃も知っている。

何もせず強くなったのではなく、ルーティも努力をして強くなったのだ。

その点で言うと、加護の力に頼り切ったヴァンはルーティに比べて弱い……敵を見ず、ただ自分の剣を押し付けるような剣術は脆(もろ)い。

ヴァンはそれを〝癒しの手〟という『勇者』専用のスキルで補っているから戦えるが、もし〝癒しの手〟で対処できない状況になればそこまでだ。

まぁこれを直接伝えても加護を信仰として絶対視しているヴァンには届かないだろう。

加護の与える強さがすべて、もしそれで負けたのならそれも神のご意思だと、ヴァンはそう考える。

　だから、俺と比較させる。

「『導き手』は『勇者』を導く加護だ。俺のすべてを超えるまでは、『勇者』は完成していないと言える……俺はそう考えるが、ヴァンはどう思う？」

「……うん、ギデオンさんの言う通りかもしれない」

　加護を絶対視するからこそ、『勇者』と『導き手』の関係を否定できない。

　ヴァンは、久しぶりに、いやもしかすると初めて自分の戦いを振り返っていた。

「ヴァン!!!」

　おっと邪魔が入ったな。

　ヴァンの頬に飛びついたラベンダが俺をギロリと睨む。

　割と本気に近い殺気のこもった目だ。リットがいなければ、ここで戦闘になっていたかもしれない。

「俺は事実を言っているだけだ」

　俺は肩をすくめて笑う。

　これが思想ならラベンダは躍起になって否定するだろうが、事実を否定することはできない。

このラベンダという妖精は思ったよりずっと賢い。

ヴァンの戦い方は良くないことも分かっているのだと、ラベンダの目を見て俺は気がついた。

ヴァンの弱点を知った上で、それをそのままで良しとする。

ここまで全肯定してくれる恋人とか、一緒にいたらダメになってしまいそうだ。

「何よ!!」

「いやいや、別に何でもないさ。それよりラベンダからの援護があまり無かったが」

「ちゃんとやってたでしょ！」

ラベンダは風で動きを助けるテールウィンドや地面を伝う衝撃で相手を転倒させるサンダーストンプなどの魔法でヴァンを援護していた。

だがどれも初歩的な下級魔法で、ダナンやリットすらも警戒させた『妖術師』が使った魔法とは思えない。

「ラベンダは魔法を使うタイミングが上手いんだ、とても役に立っているよ」

「やーん、ありがとうヴァン！」

ヴァンの頬に小さな唇でキスをするラベンダ。

ラベンダの妖精としての性質は破壊に偏っているのだろう。だから魔法も補助ではなくエネルギーをぶつけるような破壊の魔法を得意としているはずだ。

それをヴァンに見られたくないか。

リット、ダナンに魔法を使ったことから、自分が強いことを知られたくないわけじゃないのだろう。

おそらく破壊の魔法を使えば、本来の自分へと変化し、小さな妖精としての姿を保てなくなる。

ヴァンとラベンダについて今分かることはこんなところか。

リットにも話して作戦を練りたいところだな。

だがその時、じっと砂浜を見ていたリットが叫んだ。

「レッド！　まだシーボギーが残ってる！」

「何だって⁉」

俺とヴァンはリットのもとへと駆け寄る。

「何を見つけたんだ？」

「この足跡分かる？」

「踏み荒らされた中に、少し前の足跡があるな」

「うん、この足跡だけこの先へと進んで一往復しているの」

「この先というと、少し歩いたところに漁村があるか」

「つまり、１体は漁村へ行ったってこと？　でも往復だから戻ってきたんだよね？」

ヴァンの言葉にリットは頷いた。

「そう、1体は漁村に行き、そして群れへと戻って仲間を呼んで、再び村へと向かおうとしていたのよ」

「子供を攫うために」

ヴァンの表情に変化が見られた……ヴァンは憤っている。

「そしておそらく1人、子供はすでに攫われている。それを見て、他のシーボギー達は村を目指したはず」

「じゃあすぐに助けに行かないと！」

人の生死さえも神の意思だと考えるヴァンにとって、唯一庇護されるべきと考える対象が子供だ。

すべての生きとし生けるものは、加護の役割に従って生き、そして死ぬ。

だが大抵の子供はまだ加護に触れていない。

自分の役割を認識しなければ信仰に生きることもできない、だから子供は庇護しなければならない。これは教会の基本教義の一つだ。

そして子供は殺されても、殺した相手の加護の成長を起こさない。加護を成長させるために殺し合うというのが神の教えならば、加護の成長を起こさない子供が殺されることは最も邪悪な行いという理屈になる。

まぁ実はこのことが直接経典に書かれてあるわけではないが、加護に触れる前の子供は殺させてはならないという解釈についてはどの神学者も一致している。

教会が世界各地で孤児院を運営しているのも教義に従っているからだ。

ゆえに、ヴァンにとっても子供は庇護するべき対象である。

「そうだな、すぐに動きたいが……足跡を追っていくことはできるか？」

俺はヴァンに尋ねた。

「……僕にはできない」

ヴァンの口調は動揺している。

戦うことに特化してスキルを習得していったのだろう。

『勇者』の役割と、戦って加護を成長させることを善とする教会の教えからすると当然の方針だ。

「分かった、リットと俺で追っていこう」

「うん……」

「勇者がそんな顔するな」

俺は肩を落としたヴァンの背中を叩いて笑う。

「勇者はいつだって希望の象徴だ。だから今は俺やリットが足跡を追えることを喜べばいい、次のことは終わってから考えろ」

「そうだね」

ヴァンは今回のような冒険者としての戦いはあまり経験がない。

あるいはそれがヴァンの純粋でいびつな『勇者』を形作ってしまったのだろう。

「……それも少し違和感があるがな」

「えっ？」

「いや、なんでも無い」

どうも『勇者』の衝動とヴァンという人間の人格形成に嚙み合わないものを感じるのだ。

俺はルーティという『勇者』を幼い頃から見てきた。もちろんルーティの優しく可愛く愛らしい人格は『勇者』の衝動だけで形成されたものでは断じて無いが、それを踏まえても『勇者』がヴァンのような人格になるのかという疑問がある。

「ねぇヴァン」

ラベンダがヴァンの耳を引っ張っている。

「どうしたのラベンダ？」

「あいつらと同じ形の生き物を見つければいいんでしょ？」

「シーボギーのこと？」

「うん、私なら見つけられるよ」

「本当!?」

「もちろん、私はヴァンに嘘をついたりは絶対にしないから！」

ラベンダは目を輝かせて言った。

ヴァンの役に立つのが嬉しいようだ。

先程の戦いでリットの方が有効な援護をしていたことにフラストレーションも溜まっていたのだろう。

「すごいな、遠いところにいるシーボギーを見つけられるのか」

「ふふん、この風の届くところにいる生き物なら全部分かるわ」

ラベンダは自慢気に言った。

なるほど、風を使った知覚能力か。

同じ形という表現からすると、概ね人間やシーボギーなどの区別は付くが、個体差を区別するには実際にあって形を憶えなければならないという感じだろう。

……大妖精級の妖精が仲間とかずるい。俺達の旅でも無茶苦茶役に立っただろうなぁ。

「じゃあヴァン……とその他大勢！　私に付いてきて!!」

「うん、一刻も早く助けに行こう！」

空を飛んだラベンダの後ろをヴァンは走る。

遅れて俺達も勇者の背中を追って走り出した。

「なぁレッド」

　これまで黙っていたダナンが、俺に近づいて小声で話しかけてきた。

「これでラベンダの能力も把握できた、対策もできそうだな」

「まぁな」

「どこまで読んでたんだ？　すげぇな、お前がギデオンだった頃を思い出すぜ」

「……こういうのは今回限りにしたいなぁ」

　こういう精神をすり減らすような交渉はもうやめようと思っていたんだが……。

　もちろん、シーボギーに攫われた子供についても最善は尽くしているつもりだ。リットには子供が攫われている可能性を事前に話し、足跡を調べるように頼んでいた。

　だが子供が攫われている可能性を利用して交渉を組み立てるのは、レッドとなった今の俺には心情的に正直辛い。

「終わったら、２人でゆっくりお風呂入ろうね」

「リット……そうだな、少しのんびりしたいな」

　俺達の日常を守るため、もうちょっと頑張ろう。

＊　　　＊　　　＊

　子供が生きている可能性は半々だと思っていた。

シーボギーは子供をすぐには食べず、恐怖の感情を搾り尽くしてから食べる。

「ひゅうひゅぅ……」

海に侵食されてできた洞窟の奥から、波の音に交じって子供のかすれた声が聞こえた。

常人の耳には聞こえないほどの音だが、ここにいるのは一騎当千の英雄達だ。

よし、と俺は合図をして一気に攻め込もうとヴァンの方を見た。

「ヴァン……！」

だがヴァンは俺の合図を待たずに飛び出していた。

剣を抜刀しながら、暗がりへと走り去る。

「あいつ〝暗視〟のスキルは持っていないだろう！　ラベンダ！」

「分かってるわ！　私に命令しないでよ！」

ラベンダがすぐさま印を組む。

「ウィプス！」

ランタンほどの明るさの光球が、ヴァンを追って飛んでいく。

俺達も続いて走る。

「わははは」

シーボギーの数は2体。

ヴァンが飛びかかろうとしている1体と、そこから岩の陰になっているところにいる1

てしまっていた。

体。普段のヴァンなら気がついただろうが、この暗さと冷静さを欠いた状況が敵を見逃し

ヴァンの剣が1体目のシーボギーを両断する。

隙だらけのヴァンの背中へ牙を突き立てようと、最後のシーボギーが飛びかかった。

「わ、は……⁉」

「ヴァン！　雑魚相手に負傷を前提の戦い方をするなと言っただろ！」

俺の投げつけた銅の剣がシーボギーの体を貫いた。

「わはは……」

不気味な笑い声を残し、シーボギーの体が倒れた。

「このっ‼」

ヴァンが剣を突き立てとどめを刺す。

「子供は無事か⁉」

「ここに！」

ヴァンは倒れている女の子へ駆け寄る。

「酷い……！」

魔法の灯りに照らされた女の子の状態を見て、リットが息を呑んだ。

女の子は肉体的にも精神的にも酷く痛めつけられている。

精神的なショックで俺達のことを認識することすらできない様子だ。

泣き声すら嗄れ果て、「ひゅうひゅう」という苦しそうな呼吸音だけを口から発していた。

「命だけは助けられるだろうけど、私の魔法じゃ完治は……」

リットが苦しそうに言った。

「大丈夫だ、ヴァンがいる」

ヴァンは剣を置くと右手を少女の額に当てる。

「〝癒しの手〟！」

ヴァンの体が激しく輝いた。

同じスキルでも使う人によって違いがある。

ルーティの〝癒しの手〟は寄り添うような穏やかな輝きだが、ヴァンの〝癒しの手〟は生命力を奮い立たせるような激しい輝きだ。

「あ、あ……」

傷の癒えた女の子の口から声が生まれた。

「うあああああん!!!」

女の子はこれまで忘れていた涙をすべて流すかのように泣き出し、ヴァンの胸に抱きついた。

ヴァンはどうすればいいか分からない様子で、ただ抱きついてきた女の子を受け入れ、親が泣く子にするように、その背中をさすっていた。

＊　＊　＊

「ありがとうございました！　何とお礼を言ったら良いか……！」

女の子の両親は何度も何度も俺達にお礼を言った。

「いいんだ、俺達はギルドからモンスターの討伐依頼を受けていたんだ。助けるのも仕事のうちだよ」

俺は両親をなだめつつ、ヴァンの表情を横目で確かめる。

「『勇者』が人を助けるのは当然だ、感謝なんて必要ないよ」

「ああ勇者様……！　デミス神よ、私達のもとへ勇者様を遣わしてくださったこと感謝します!!」

相変わらずの塩対応。

とはいえ、その冷たさも今は両親に気を遣わせないための態度に見えるため、両親は感激を強めているようだった。

「ゆうしゃさま」

まだ声が嗄れている女の子がヴァンを見ながら言う。

「ありがとう」

「……うん」

歯切れ悪く答えたヴァンの表情は、俺にはこれまでよりずっと人間らしく見えた。

＊　＊　＊

翌日。

港区にあるレストラン。

「あのヴァンが……にわかには信じがたい変化だ」

イカスミパスタを食べながらエスタが感慨深げに言った。

どうでもいいが、イカスミパスタはテオドラだった頃なら絶対食べないイメージがある。

いや、俺の勝手な偏見だが。

「ん、美味いぞ」

そう言いながら、フォークに巻きつけたパスタをエスタは豪快に食べる。

隣のアルベールも美味しそうに食べていた。

「リットも来ればよかったのに、ここのパスタは絶品だ」

「リットはダナンと一緒にラベンダとの交渉だ」

「レッドがヴァンとの会話を成立させたのもすごいが、リットもよくあのラベンダと交渉できるな」

「恋という共通点を足がかりに交渉を進めているみたいだ。ラベンダはこの間の俺とリットを見て自分がヴァンへの援護が上手くできていないことを少し意識したようで、そこが今の交渉ポイントだそうだ」

ヴァンにしてもラベンダにしても、ネックとなったのは価値観の狭さだ。

ヴァンは加護、ラベンダは恋。

それ以外のことに価値を見出せない狭量さをどうするかが課題だった。

「上手く行かないものだな」

フォークを置いたエスタがぽつりとつぶやいた。

「うん？　どの話だ？」

「私自身の話だ、旅の間ヴァンやラベンダと話す機会があれほどあったというのに、私は彼らの考えに影響を与えることができなかった。それをレッド達はこんな短期間で成し遂げているのだから、自信も無くなるというものさ」

エスタは自嘲気味だな。

一緒に旅をしていた時は気が付かなかったが、エスタは不満を自分の中に溜め込んで、それを自分の至らなさのせいだと考える節がある。

かつてルーティの力になれないことや、パーティーが崩壊しそうになっていた時に、解決できないのは自分の力不足のせいだと思い詰めていたようだ。

基本的に武人や聖職者として優秀な彼女は、何でも自分で解決しなければならないという思いがあるのだろう。

何か気の利いたことでも言いたいが……うーん。

「でも今の状況はエスタさんのおかげですよ」

だが俺が発言するより早く、隣のアルベールが発言した。

「そうだろうか」

「ええ、エスタさんが俺を先行させて、ヴァンが来ることを事前にレッドさん達に伝えられたから今の状況になったわけですし、エスタさんはその功績をもっと誇っていいと思います」

「う、うむ、アルベールがそう言ってくれるのなら……そうなのだろうな」

「エスタさんができないこともレッドさん達が対応してくれています、この間の話し合いで想定していた最悪とは程遠い、とても良い状況と言っていいはずです」

おう、やるなアルベール。

「そ、そうか……」

「はい、だから自信を持ってください。たとえ仮面を被って功績を隠していたとしても、エスタさんがどれだけ頑張ってきたかは俺が全部知っていますから」

英雄に憧れているというアルベールの性格がこういう風に作用していたのか。

「良いコンビだな」

俺は思わずそう言ってしまった。

エスタの頰が赤くなる。

「ば、バカを言うな！　いや、違う、今のはアルベールがパートナーに相応しくないという意味ではなくてだな、待ってくれアルベールそんな顔をするな」

胸焼けがしそうな会話だなぁ。

「お前にだけは言われたくないぞレッド‼」

なんか怒られてしまった。

「……でもそうですね」

アルベールが難しそうな顔をして言った。

「恋が交渉のキーワードというのならエスタさんには難しかったと思います」

「……む、いや私だってな」

「エスタさんほどの人だとそこらの男なんて木石に見えるでしょうし、勇者を導くために忙しくて恋なんて考えている暇もないですから。ラベンダのことはどうしようもなかったですよ」

こいつ……鈍感属性と、肝心なところで地雷を踏む属性まで開花させていたとは！

ああ、エスタがちょっと落ち込んでいる。

「……真面目な話に戻ろうか」

「そうだな」

エスタの声は明らかに沈んでいるのだが、アルベールがそれに気がついた様子はない。

「前途多難だなぁ、頑張れ」

「うるさいぞ、この件が片付いたら相談に乗ってくれ」

こんな話がエスタとできるとは思っていなかった。

なんだか楽しくなって、俺は声を出して笑っていた。

「全く、それでゾルタンの冒険者不足についてだが」

エスタは眉(まゆ)をハの字にして俺の笑いに抗議しながら……でも口元は少し楽しそうに会話の方向を本来のところへと戻した。

「ゾルタンの冒険者不足についてはアルベールが対応してくれるんだって？」

「ああ」

俺の言葉にエスタは頷く。

「でもアルベールが離れて大丈夫なのか？　エスタの手伝いを色々行っているようだけど」

「ずっと依頼にかかりっきりになっているわけではないですよ。俺はゾルタンの冒険者達のことは分かっています、俺がギルドの依頼を適切に割り振ってフォローするようにしました。どうしても解決できない時だけ、俺が出て解決します」

「ほぉ、冒険者ギルドがよく受け入れたな」

「確かに、一度ゾルタンを裏切った俺に仕切られるのは業腹でしょうが……それ以上に『勇者』ヴァンの手を借りたくないという思いが強いようですね」

「嫌われてるな」

「そりゃあ、妖精王(ようせい)の盾で精神操作しようとしたことはバレていませんが、市長達への侮辱と、ドラゴンを呼び寄せたことは知られてしまっていますから」

アルベールは肩をすくめる。

「これ以上ヴァンの手を借りるくらいなら、まだ俺の手を借りたほうがいいというわけです。まぁそれに俺はタダですから」

贖罪(しょくざい)として教会に奉仕するのを条件に、悪魔の加護事件の罪を恩赦されているアルベールは寄付以外の方法で金を稼ぐことを禁じられていた。

「それにあの事件には間違いなく俺もかかわっていますから……こうしてゾルタンの役に立てることは嬉(うれ)しいです」

ビッグホークとアルベールの引き起こした悪魔の加護事件。

２人は移民達の貧民街サウスマーシュ区で暴動を煽り、クーデターを起こしてゾルタンを乗っ取ろうとした。

アルベールはゾルタンを軍事国家にして、勇者の仲間になるつもりだったのだ。

それが今では、勇者からゾルタンを守るために行動しているとは。

人生とは何が起こるか分からないものだな。

「これで急な依頼がそちらに行くこともないだろう、ヴァンのことに集中できる」

「助かるよ、今回は上手く利用できたが……ヴァンと交渉できるのはあと1回と考えて欲しい」

「話を聞く限りシーボギー討伐では十分揺さぶれたと思うが、それでもか」

「信仰という柱は頑丈だ、何より経典をベースにした理論が優秀だよ。聖方教会という国家を超えたアヴァロン大陸最大の組織を成立させている理論は伊達じゃない」

有史以来多くの神学者達が、教会の権威に刃向かう様々な異端の神学者に対して反論を封じるため理論をアップグレードしてきたのだ。

勇者としての精神力と併せ、修道院でヴァンに叩き込まれた信仰理論は必ずヴァンを立ち直らせる。

次の交渉で決着を付けなければならない。

「とはいえあまり時間を置くこともできないしなぁ」

攻城戦でいうと、城の陥落は目前。

しかしこちらの備蓄も限界。

次の攻めに失敗すれば、反撃されてこちらは必死の状況に追い込まれる。

「あーやだやだ、心がすり減る」

「旅をしていた頃はそれが当然だったじゃないか」

エスタがそう言った。

負けたら終わり。

魔王軍との戦いは、そんな状況ばかりだった。

「今考えると無茶（むちゃ）してたなぁ」

口には出さなかったが、俺だって絶望した時は何度もある。

ロガーヴィア公国での戦いでも、惑わしの森を抜けた先に魔王軍がいた時には覚悟したものだ。

「リットからは自信に満ちた目で『俺はできないことはやらない』と励ましてくれたと聞いたぞ」

「陽動は成功する自信があると言っただけだよ、あの場で死ぬかも知れないなんて言ったって、リットと……アレスを苦しめるだけだったろ」

「……そうだな」

アレスの名を聞いて、エスタはかすかに首を横に振ると話を切り替える。

「私はこれまで通りリュブと一緒にヴァンの説得に当たる。ヴァンは相変わらずだが、最近ラベンダからの反論が弱くなっている気がする。連日に及ぶリットとの交渉で揺らいでいるのだろう」

「ラベンダまで説得側についてくれれば、勝機も見えてくるか」

「レッドが仕掛けるのはそのタイミングか？」

「ああ、それがベスト……だが」

「だが、なんだ？」

「人生は何が起こるか分からないからな」

「……確かにな」

せめて準備はしておこう。

俺達の日常（スローライフ）を守るために。

＊　＊　＊

「お帰りなさいお兄ちゃん」

店に戻るとカウンターに立つルーティが俺を出迎えてくれた。

「ただいまルーティ。リットは戻ってきてないのか？」

「まだ」

棚の薬は十分あるな。

こないだ補充したばかりだし、しばらくは大丈夫だろう。

「俺はもうこの後店にいるけど、ルーティはどうする？　薬草農園の方に戻るか？」

「ううん、あっちの仕事は朝のうちに終わらせてある」

「そっか、じゃあルーティの分の夕食を作らないとな」

「やったー」

ルーティは両手を上げて喜んでいる。

その姿に俺は心を和ませながら、ルーティの隣に立つ。

「一緒に接客するか」

「うん」

俺達はカウンターに並んで店番をする。

今日は客も少なく、たまに薬を買いに来た客の相手をするくらいだ。

「聞いてくれよレッド！　俺達、アルベールから指名を受けたんだ！」

「普通なら手を出さない依頼なんだけど、耐毒のポーションがあれば俺達でも大丈夫だってさ」

Dランク冒険者のパーティーはそう言って意気揚々と薬を買っていった。

それから何人かの冒険者がレッド&リット薬草店を訪れた。

「レッド！　キュアポーションを一瓶くれ！」

「俺にはサンダーエンチャントオイルを！」

「アルカリ瓶を3つ、これでドラゴンモドキスライムは簡単に倒せるらしいんだ」

どうやらアルベールは指名した冒険者にしっかりアドバイスを送っているようだな。冒険用の高価なポーションが売れて店の売上にも大貢献だ。

やはり本来はゾルタンの英雄になれるポテンシャルはあったんだよな。

今のアルベールも満ち足りているようでいいのだが……ゾルタンの英雄として胸を張っているアルベールも見てみたかった。

「「ありがとうございました」」

気がつけば夕方。

仕事帰りの客もいなくなり、店を閉めるまでわずかに暇な時間ができる。

「今のうちに掃除でもしておくか」

俺はモップの準備をしようとカウンターから離れる。

「お兄ちゃん」

ルーティが俺を呼び止めた。

「どうした」

「……大丈夫？」

ルーティは心配そうに俺の顔を見ている。

「あはは、ルーティにはバレるか」

「うん、お兄ちゃんとても疲れている」

ヴァンは強敵だ。

強さだけではなく、教会の『勇者』という立場も厄介なことこの上ない。

「掃除」

「ん、ああこれからやるよ」

「ううん、一緒にやろう」

「2人でやれば早い、楽しい」

ルーティはそう言って奥から掃除用具を持ってくる。

「そうだな」

俺達は2人で掃除を始める。

「掃除の基本は上から下へ」

俺とルーティはパタパタと上から下へと埃（ほこり）を払う。

「お店の掃除も手慣れたものだな」

「お兄ちゃんのお手伝いをたくさんしたから」

薬草農園が動き出す前、冬の間ルーティはいつも店の手伝いをしてくれていた。

あの時薬屋の仕事を憶えてくれたから、店番を1人で任せていても安心できるし、今こうして一緒に効率よく掃除もできている。

埃を落としたら掃き掃除。

箒でゴミを集めてちりとりで捨てる。

「水をくんでくる」

「俺はゴミを捨てておくよ」

手分けして掃除を進める。

最後はモップで水拭きして終わり。

「ピカピカになった」

「2人でやると早いし丁寧にできるな」

結局閉店時間まで客は来なかった。

それもたまには良いだろう。

こうしてルーティと穏やかな時間を過ごせたのだから。

「ただいまー」

「おう、飯食いに来たぜ」

リットとダナンが帰ってきた。

今日は4人で夕食か。

「よし、今日はちょっとだけ贅沢な料理を作るか」

「え、何作るの！」

リットが嬉しそうに言う。

「サイコロステーキと干し貝のバター焼き、トマトとチーズのサラダ、クリームスープ、デザートにリンゴのタルト」

「わっ、今日はご馳走だね！　でも今からそれだけ作るのは大変でしょ？」

何も準備していないし、確かに今からだと少しだけ大変かもしれない。

「私もお手伝いする、下ごしらえなら私もできる」

「うん、もちろん私も手伝うわ！　オーブンは私の魔法で温めちゃおうよ」

「んじゃ、俺は足りない材料の買い出しに行ってきてやるよ」

ルーティ、リット、ダナンが手伝おうと言ってくれた。

「レッドが私達のために料理を作るの好きなのは知っているけど、たまには私達も疲れているレッドを支えてあげたいの」

「ありがとう、嬉しいよ」

俺がお礼を言って笑うと、みんなも笑った。

そうだ、今日も楽しく幸せな一日だったのだ。

＊　＊　＊

翌日、ゾルタン冒険者ギルド。

「子供が昨日から行方不明に」

アルベールは左手に持った依頼書を読みながら思案する。

「情報自体が少ないが、危険なモンスターがいる兆候はない。森で迷ったか、ゴブリンに誘拐されたか……Dランク冒険者に任せればいい依頼だとは思うのだが」

アルベールは地図を見て、依頼主の住んでいる村を確認する。

「河口の側にある農村か、海辺の漁村へ小麦など農作物の供給を担う村だな……問題は、この間のシーボギー達のいた場所からそれほど離れていないということか」

レッド達がシーボギーはすべて倒したはずではあるが、1体逃れていないとも限らない。もしシーボギーが相手なら、生半可な冒険者を送っても全滅するだけだ。

「かといってこれだけの報酬の依頼に腕の良い冒険者を送り出すこともできないな」

今のは最悪のケースを考えた場合。

まだ村に被害は出ておらず、依頼人は父親だ。

農村の一般家庭で出せる報酬の額しかない。

これで雇えるのはDランクでも下位の冒険者か、パーティーを組まないソロの冒険者。

「……俺が行くしか無いか」

自分が直接行って解決するのが一番安全だ、そうアルベールは考えすぐさま行動を開始した。

＊　＊　＊

アルベールの姿は以前の英雄らしい姿とは違う。

余計な装飾のない実用重視の鎧。

剣も飾りっ気のない業物で、右手を失い義手を使っているアルベールでも扱える片手用の剣だ。

義手は一見作り物だと分からないよう精巧に作られ、物を握ることすらできる優秀なものだが、剣を握って振り回すことはできない。

ダナンのような武術の化け物と違い、アルベールは両手が健在だった頃のような剣術は使えなくなっている。

それでもエスタと共に旅と戦いを生き抜いてきたことで加護レベルが上がり、以前と同等以上の戦闘能力を保っている。

「オーガのつがいか」

森の中で対峙しているのは2体のオーガ。

太い腕に木の幹をそのまま使った棍棒を握っている。

「ふん」

アルベールは左手で剣を抜いた。

「これなら俺が出るまでも無かったか」

「グオオオ!!」

アルベールが剣を片手に一気に間合いを詰めると、オーガは怒りの咆哮を上げながら身の程知らずのチビに向けて棍棒を振り下ろした。

頭蓋骨をかち割られ、脳みそをぶちまけて倒れるはずだった身の程知らずのチビは、さらに速度を上げてオーガの間合いの内側へと潜り込む。

「グオッ!?」

慌てたもう1体のオーガが棍棒を振り回す。

「遅い！」

アルベールの姿が消え、空を切った棍棒は仲間のオーガの胸を強く殴打する。

1体はオーガの力で胸を打たれてふらつき、もう1体は仲間を殴打したことで動揺している。

　その間に剣が2度振るわれた。

「グォォォ!?!?!?」

　そうして戦いは終わる。

　オーガ達は倒れて息絶え、アルベールは剣についた血を拭き取った。

「さて、子供の方は」

　アルベールは剣を収めて周囲を見渡す。

　気配は少し離れたところにあった。

　アルベールはいつでも抜刀できる心構えを保ったまま気配のもとへと向かう。

「ガオー！」

　甲高い声と共に、茂みから蝶の羽の生えた小さな竜がアルベールへと飛びかかった。

「むっ！」

　アルベールは思わずはたき落とす。

「キュウウ……」

「あ、すまない、つい」

　地面で目を回しているフェアリードラゴンをアルベールは慌てて介抱する。

「クルクル!!」

茂みから女の子が飛び出してきた。

「ダイジョウブ……」

まだふらついているが、フェアリードラゴンは4本の足で立ち上がる。

それから女の子を守るかのように小さな体でアルベールの前に立ちはだかった。

「いや待て、俺はその子を捜すよう親に頼まれた冒険者だ」

「お母さんが！」

アルベールは慌てて説明する。

「デモイマノモリキケンナノ！」

フェアリードラゴンは丸い目をクルクルと動かし周囲をうかがう。

その愛嬌のある仕草に、アルベールはフッと笑う。

「大丈夫だ、オーガなら俺が倒した」

「タオシタ！」

フェアリードラゴンはピョンと空に飛び上がり、クルクル回る。

アルベールは心配していた状況にならずに済んだと安堵した。

「オーガが森にいる痕跡を見つけた時は焦ったぞ、無事で良かった」

オーガはシーボギーのような強力なモンスターではない。

アルベールが行かなくとも、腕のあるDランク冒険者のパーティーなら十分対処できただろう。

だがシーボギーと違ってオーガは子供を食べるのに待ったりはしない。オーガの現れた森で行方不明者が出たら、多くはもう死んでいるのだ。

「お前が助けてくれたんだな」

アルベールはフェアリードラゴンを見て言った。

オーガがいたのに、加護に触れてもいない幼い女の子が無事だったのは、この小さなフェアリードラゴンが女の子をオーガから隠していたからだろう。

小さくとも妖精の一種であるフェアリードラゴンは幻術を扱える。頭の悪いオーガに幻術は効果が高いから、あまり力のないこの妖精でも守ることができたのだろう。

……もしオーガに襲われたら、この小さな妖精は簡単に殺されてしまうだろうに。アルベールは小さなフェアリードラゴンの勇気を眩しく思った。

「そうなの！　クルクルが助けてくれたの！」

女の子は大きな声で言った。

フェアリードラゴンは慌てて女の子の口に飛びついて塞ぐ。

「シィーシィー！」

その様子を見てアルベールは笑った。

「もうオーガはいない、騒いでも大丈夫だ」

「チガウ！」

だがフェアリードラゴンは必死に首を横に振る。

「モリニマダオソロシイノガイル！　ミンナコワガッテル！」

「何？」

フェアリードラゴンの様子にアルベールはただならぬものを感じた。

全身から冷たい汗が吹き出た。

冒険者としての勘が、自分が死地にいることを直感する。

「ここにいた」

声がした。

強烈な威圧感がアルベールの背後から発せられている。

アルベールは剣の柄に手をかけ、ゆっくりと振り返った。

「……勇者様」

そこにいたのは『勇者』ヴァンと、妖精ラベンダ。

「アルベール、君が子供を助けたんだね」

ヴァンの表情は明るく笑っていた。

だがその声は聞くものを恐怖させるような殺気に満ちていた。

（なんだ？　これが『勇者』ヴァン？　まるでドラゴンに睨まれたかのような悪寒がす

る⁉)

アルベールはエスタと一緒に魔王の船に乗り込んでいた。

ヴァンを非道な勇者だとは思っていても、今のように〝対峙することすら恐ろしい〟とは思わなかった。

まるでこれは……。

(初めてルーティさんに会った時のような……まるで悪魔の加護を飲む前の『勇者』ルーティさんのような威圧感だ)

コントラクトデーモンに連れられてアルベールは『勇者』ルーティを垣間見た。

ルーティは翌日には飛空艇を使ってテオドラ達を置き去りにし、アルベールはルーティを捜す魔法の触媒としてアレス、テオドラと共にルーティを追いかけることとなったが、あの日のルーティのことは、今もアルベールの脳裏に焼き付いている。

自分のことをいともたやすく屠れる存在が目の前にいる恐怖。

もし『勇者』が自分のことを殺そうと思えば、自分は何の抵抗もできず殺されてしまうだろう。

アルベールを襲ったのは自分の命を何一つ自由にできないという恐怖だった。

「アルベール、子供に怪我は?」

「……ありません」

アルベールの返答は一瞬遅れた。

恐怖で思考が鈍くなっているのを自覚する。

アルベールは心の中から勇気を必死に探し出し、思考を手放さないように意識する。

「それは良かった」

「はい、あとは子供を村へと送り届けるだけです」

それで終わりのはずだと、アルベールは心の中でつぶやいた。

勇者様がいつもより恐ろしくとも、これ以上の戦いはない。

そのはずだ。

「俺はこれからこの子と村へ行くつもりですが、勇者様はどうしますか？」

アルベールの質問に、ヴァンはどこか上の空……しかし強烈な殺気を放ったまま答える。

「その前に元凶の悪を殺さないと」

「そうそう、ヴァンは悪をやっつけにきたんだから」

「元凶ですか……？」

アルベールの頬を、こみ上げる不安が溢れて汗となって流れた。

嫌な汗だなと、アルベールは心の隅で思う。

「そこの妖精だよ、子供を森に連れ出したのはそいつだよね」

ヴァンは剣を無造作に突き出し、切っ先でフェアリードラゴンを指す。

「ゴメンナサイ、ゴメンナサイ……」

フェアリードラゴンは、悲しそうにうつむき謝っている。

「待って、私が悪いの、クルクルを叱らないであげて！」

女の子がフェアリードラゴンをかばう。

微笑ましい光景だが、状況は切迫していることをアルベールは理解していた。

叱るなどという生易しいことではない。ヴァンはフェアリードラゴンを殺そうとしている。

「確かにそのフェアリードラゴンが女の子を森に誘ったんだろうと思います。でも、フェアリードラゴンは女の子と遊びたかっただけで危害を加えようとは思っていなかったはずです。その証拠にフェアリードラゴンは危険なオーガから命をかけて女の子を守ろうと行動していました」

アルベールは恐怖を抑え、ヴァンに説明する。

なぜ女の子が危険な森に出てしまったのか。

オーガに女の子を誘い出すなんて器用な真似はできない。

連れ出したのはこのフェアリードラゴンだろうと、アルベールも分かっていた。

妖精が子供を連れ出して遊ぶという話はたまに聞かれる騒動だ。

修道院で高度な教育を受けていたヴァンなら、当然そのような記録についても知っているはずだ。

だが。

「子供が危険な状況にあったのは間違いない、悪は滅ぼすべきだよ」

ヴァンはそう言い放つと剣を構えた。

（なんだこれは……）

アルベールは逃げ出したい感情に襲われながら、ヴァンの様子を観察する。

これまでの信仰の『勇者』として狂信的でも揺るぎない強さのあったヴァンではない。

今のヴァンは揺らいでいる、不安定だ。

それは別種の恐ろしさ。

人類最強の加護である『勇者』が、感情に任せて暴走するという耐え難い恐怖だ。

「ゆ、勇者様、落ち着いてください！　フェアリードラゴンは人間に仇をなす邪悪なモンスターではありません。ラベンダと同じ妖精の一種で、友好的な種族です！」

「何よ、私をだしに命乞いをするの？」

アルベールは懇願するような視線をラベンダに向けるが、ラベンダは面白そうに笑うだけで仲裁しようとはしない。

同じ妖精であるフェアリードラゴンを助ける気はないようだ。

「アルベール、あと10秒待つからどいて、そこにいると巻き込まれるよ」

ヴァンは抑揚のない声で言った。

交渉の余地はないことを理解する。

アルベールは恐怖で自分の歯がカチカチ鳴る音を聞いた。

そして、アルベールは叫ぶ。

「逃げろ！　ここは俺が食い止める!!」

「ムリダヨ！　ニンゲンサンシンジャウヨ！」

「いいから行けぇぇ!!」

アルベールの必死の絶叫を聞いて、フェアリードラゴンは全力で逃げ去る。

「分からないな、剣を抜くことも忘れるくらい怖がっているのに」

ヴァンがアルベールを見て言った。

アルベールは戦う準備すらできていない自分に愕然（がくぜん）としながら、ゆっくりと剣を抜いた。

「勇者様、どうかその剣を引いてください……あの妖精はただ子供と遊びたかっただけなのです」

「悪意が無くとも、悪が許されることはないよ」

アルベールは必死に考える。

食い止めると言ったが、勇者を相手に時間を稼ぐことができるのか？

できない。

アルベールがこれまで生きてきた人生のすべてをぶつけても、一太刀受けられるかどうかというところだ。

フェアリードラゴンが逃げ切るための時間を稼ぐには全く足りない。

「勇者様、せめてリュブ猊下やエスタさんが来られるまで待つことはできませんか？　仲間の意見を聞いてから決めても良いはずです」

残された手段は会話で時間を稼ぐしかなかった。

「あの妖精とアルベールは知り合いだったの？」

だが、ヴァンはアルベールの言葉には答えなかった。

何かがおかしい、ヴァンは大きく変化しようとしている。

しかしアルベールにできることは、会話を続けて時間を稼ぐ他なかった。

「いえ、ここで初めて出会いました」

会話を止めるな、まだ喋ることはあるはずだ。

「村で妖精の噂はありましたがゾルタンには妖精はいないと思っていたので、こうして直接自分の目で見るまで半信半疑でした。妖精は〝世界の果ての壁〟を嫌うらしいのです」

「………………」

ヴァンはアルベールの必死の説明にも興味を示さない。

「アルベール、君には隠された力があって、実は僕を倒せる自信があるの？」

会話がつながらない。

だが会話を止めるわけにはいかない。

「……ありません、俺は皆さんのような英雄ではありません」

「でも君の加護は『ザ・チャンピオン』だ」

「俺は加護との相性が悪かった……英雄にはなれませんでした」

「だったらなぜ君はここで死のうとしているの？」

もう終わりは近い。

アルベールはこみ上げてくる死の恐怖に吐き気がした。

「は、はは……そうですね。俺は今ゲロ吐きそうなほどビビっています」

「だよね、君をこの場に立たせているのは加護じゃない。あの妖精との友情でもないだろうし、恐怖を感じないわけでも、自殺したいわけでもなさそうだ。一体なぜ？」

なぜか？

アルベールは自分の心に問いかける。

答えは決まっていた。

「……俺が勇者の仲間だからです」

「どういう意味？」

「俺は英雄でなくとも勇者の仲間だから、罪のない命が奪われることを見過ごせない。ここで逃げたら、俺は勇者の仲間として失格だ……今戦えるのは俺しかいない、だから俺はここで戦わなければならないんです」

その言葉を聞いて、ヴァンは初めて表情を歪(ゆが)ませた。

「なんだろうこの気持ちは、自分でもよく分からないな」

ヴァンは視線を落とし、剣を握った手を震わせる。

「分からないけど、僕はどうやら君を殺したいと思っているらしいんだ」

ヴァンはアルベールを見た。

『ザ・チャンピオン』という加護ではなくアルベールという人間を見て、敵だと認識し、殺すために行動した。

「武技：聖刃(ホーリーブレイド)！」

振り下ろされた一撃は、恐ろしい威力を秘めていたが、真っ直ぐ単調な一撃だった。

「武技：甲防一太刀(こうぼうひとたち)!!」

防御して相手の剣を受けてから、体当たりにて相手を突き飛ばす武技。

アルベールの剣は質素だが、エスタが選んだ業物だ。

巨人の一撃だって耐えられる。

その剣が勇者の武技に砕かれる。

「ぐっ!!」

アルベールは脇腹に激しい痛みを感じた。

防御したことで急所はそれたが、刃は内臓まで達する致命傷。

だが即死はしない。魔法の力を借りなければいずれ出血多量か臓器不全で死ぬとしても、今は生きている。

「うぉぉぉぉ!!!!!!!!!!!!!!!」

アルベールは絶叫を上げ、ヴァンの体に体当たりする。

アルベールの力ではびくともしないのは分かっている。

だからヴァンも避けはしなかった。

「なっ!?」

ヴァンは思わず声を上げた。

アルベールの次の行動が予想外だったからだ。

アルベールはヴァンの体にただしがみついていた。

組み付きから足を払うわけでもなく、関節を極めて動きを封じるわけでもなく、ヴァンの背中で自分の両手を固く摑み必死の形相でしがみついていた。

「何のつもりだ！」

「こうしていれば勇者様はフェアリードラゴンを追いかけられない！」

「！」

ヴァンは引き剥がそうとアルベールの体を掴み力を込めた。

「ううううう!!!!!!!!」

「こいつ!?」

ヴァンの力をもってしてもアルベールの体は離れない。

アルベールは両手だけではなく、ヴァンの鎧の縁に噛みつき、口から赤い血を流しながら全身で『勇者』の力に抵抗している。

「なんでそこまでして……」

答えはもう聞いた。

アルベールが勇者の仲間だからだ。

ヴァンは剣を振り上げる。

「ウグゥッ!!!」

アルベールの口から叫びが漏れた。

ヴァンの聖剣はアルベールの背中へ深々と突き立てられている。

「離せ」

それでもアルベールは離さない。

「離せ、離

せ、離せ、離せ、離せ、離せ、離せ、離せ、離せ、離せ、離せ、離せ、離せ、離せ」

何度も、何度も、何度もヴァンは剣を突き立てる。

灼熱(しゃくねつ)の痛みと死の冷たさがアルベールの意識を朦朧(もうろう)とさせた。

だがしがみつく両手を離すことはない。

絶対的な実力差のある自分が勇者を足止めするにはこの方法しか無いからだ。

(この手を離さない限り……俺は戦える)

アルベールは勇者の仲間。

だから戦える。

「僕が『勇者』なんだぞ！　なのになんで君は、妖精1匹のために!!」

答えたかったがアルベールにはもう言葉を発する気力もない。

(俺の言う勇者とは今のあなたのことじゃない)

アルベールは痛みに耐えながら心の中で思う。

(エスタさんが探し、導こうとしている勇者、いつか現れる真の勇者……エスタさんが勇者の仲間なら、その隣にいる俺だって勇者の仲間に相応しい男にならなくちゃいけないだろう？)

この気持ちを伝えることはもうできないが、貫くことはできるはずだ。

アルベールは1秒でも時間を稼ぐため死に抗(あらが)い続けた。

「クソっ!!」

ヴァンの口から、生まれて初めて悪態の言葉が出た。

あらゆる理不尽を神のご意思だと受け入れてきたヴァンにとって、それは敗北であった。

その事実がヴァンの心をより乱す。

「ヴァン!!」

ラベンダが叫ぶが、ヴァンの意識はアルベールのことしか見えていなかった。

だから当然の結果として……。

「あ……」

エスタの槍(やり)はヴァンの首を貫いた。

「よく戦った」

エスタはアルベールの体を抱きそうささやく。

アルベールの両手から力が抜け、エスタはアルベールを抱えたままヴァンの間合いから離れた。

エスタはアルベールを優しく地面に横たえると、ありったけの魔力を集めて印を組んだ。

「再生(リジェネレート)」

〝癒(いや)しの手〟と同質の、上級法術魔法。

通常の治癒魔法では届かない致命傷がふさがっていく。

「アルベール、君と出会えたことを私は心から誇りに思う」

エスタはさらに印を組み、精霊竜(スピリットドレイク)を召喚した。

「グルルル」

精霊竜(スピリットドレイク)はアルベールと立ちすくんでいた女の子を牙(きば)でくわえると器用に背中へと乗せた。

「お嬢ちゃん」

あまりの光景に思考を停止させ逃げ出すこともできず泣いていた女の子にエスタは声をかける。

「彼を見ていてくれないか、私の大切な人なんだ」

「……うん」

泣きながら、女の子は頷(うなず)いた。

目の前の、多分とても強い大人の女の人が、まだ子供である自分を頼ろうとしていることが伝わったからだ。

涙も嗚咽(おえつ)も止まらなかったが、それでも女の子は自分がやらなければと思った。

「ありがとう、頼むよ」

精霊竜(スピリットドレイク)が飛び去る。

同じ頃に、〝癒しの手〟で傷をふさいだヴァンも立ち上がった。

「エスタさん」

立ち上がったヴァンは呆然としている。

「妖精が子供を森へ連れ出したんです、だから僕はその妖精を殺そうと考えました」

「ヴァン」

ヴァンの眼前にエスタの槍が迫っていた。

「ッ!!」

キィィン!!

刃が鳴り火花を散らした。

「エスタ……さん」

「ヴァン、私が冷静だと思ったのか？」

エスタの一撃には殺意があった。

その事実にヴァンはまた衝撃を受けた。

「私はブチギレているぞ」

エスタは身につけた槍の技を温存することなく全力で、正確にヴァンを殺すために使う。

「エスタさん!!」

エスタはリュブ枢機卿とは別の方向を向いていたとしても、ヴァンを勇者にするという点では嘘偽り無く手助けしてくれていた……ヴァンはエスタを尊敬していたのだ。

そのエスタが敵となった。

自分がエスタの言葉に従ったことが一度もないことが今更思い出される。

ヴァンの心に初めて、重い何かが現れた。

「不安？　『勇者』である僕が？」

僕は何か間違ったのではないんだろうか？

ヴァンはそう思ってしまっていた。

迷わないはずの『勇者』が迷ってしまった。

「ヴァン！　どうしたの⁉」

普段の『勇者』の戦い方とは違う、消極的な剣。

〝癒しの手〟を頼りに、傷つくことを恐れなかったヴァンが、迷いに萎縮して見る影もない。

「本調子ではないようだな、だが私は許さん」

エスタもここでヴァンを殺すことによって大きな問題が起こることは分かっている。

分かっていても、殺意を止められない。

これほどの感情はエスタにとっても初めての経験だった。

そして感情は荒れ狂っているのにもかかわらず、槍の技の冴えは最高。

冷静に、純粋に、相手を殺すために槍が動いている。

今のエスタは『勇者』を圧倒していた。

（私は『勇者』の仲間のつもりだというのに、つくづく私は『勇者』の敵となる運命にあるようだ）

回転した槍の穂先が、下から跳ね上がりヴァンの体を斬り裂いた。

「がはっ!!」

血が飛び散りヴァンはよろめき後ずさりする。

「終わりだ」

エスタの槍がヴァンの心臓を狙う。

「ヴァンから離れろ!!!」

ラベンダの叫びと共にエスタへ稲妻が降り注いだ。

「ほぉ」

エスタは槍を地面に突き立てながら防御の印を組む。

稲妻が降り注いだ後には、無傷のエスタが立っていた。

「槍を避雷針にして稲妻を分散した!?　キレてる癖に小賢しいわね!!!」

「そういうお前はどうしたことだ、ヴァンの前では本気を出さないんじゃなかったのか」

「うるさい！　私、あんたのことが前から嫌いだったのよ!!」

「魔法勝負か、いいだろう」

エスタはすでに精霊竜（スピリットドレイク）を維持しているため、召喚魔法は使えない。

だが魔法は精神状態が強く影響する。エスタは今の自分の精神状態であれば、『賢者』アレス級の攻撃魔法が使えると確信していた。

「乾いて朽ちろ！　滅び風（ハブーブ）!!」

「聖なる輝きよ、汝（なんじ）の名は死、我が敵を討つ不可避の刃なり！　神聖なる死（ザ・デス）！」

ラベンダは肉を引き裂く砂嵐の魔法を、エスタは強力な死の魔法を発動した。

赤い砂と白い死がぶつかり、周囲に破壊を撒（ま）き散らす。

両者とも、普段は使わない破壊と死の魔法。

さらにエスタは魔法を維持したまま右手で槍を構える。

ラベンダも魔法とは別の、彼女本来の力を振るおうと精霊を呼び寄せていた。

「僕は……どうしたい？　僕の中の『勇者』よ、教えてくれ」

その様子を見ていたヴァンは自問自答する。

エスタを倒す。ラベンダを守る。戦いを止める。両方殺す。

ヴァンの中の『勇者』は、『ただ戦え』と衝動によってヴァンに伝える。

戦う？　何のために？　誰のために？

ここに『勇者』を必要としている者はいない。

だが『勇者』は戦わなければならない。

戦って、加護を成長させて、より大きな悪と戦い。そして死ぬ。

エスタとラベンダの戦いを見ながら……ヴァンは気がついた。

「分かった」

ヴァンは剣を持って立ち上がった。

「分かったよ、僕は……怒っているんだ」

なぜかはヴァン自身も分からないが、あの海辺でシーボギーと戦った日から。

ヴァンは怒っていた。

自覚してしまえば、あとは爆発させるだけだ。

「うあああああああ!!!!!!!!!!!!」

叫び声を上げてヴァンはエスタへと飛びかかった。

「来たか!!!」

エスタは右手の槍でヴァンの剣をいなす。

「ラベンダ！　合わせてくれ!!」

「ヴァン!?　分かった!!」

連係をしたことはこれまでもあった。

だがこの時初めてヴァンは、仲間と呼吸を合わせて戦った。

ラベンダの魔法でできた隙を狙い、またラベンダの魔法の発動を援護する。

ヴァンはこの戦いで大きく成長している。

「これが『勇者』か……だからどうした!!!」

エスタは一歩も引かず、2人の連係をしのぎ切る。

「付け焼き刃の連係が私に通用すると思うな!!!」

互いに一歩も引かず戦いは続く。

木々がなぎ倒され、森の動物やモンスター達が逃げていく。

大陸最強の力が激突し、ゾルタンの大地が悲鳴を上げていた。

その時。

「そこまでよ」

水の壁が両者の間を遮った。

水が大地にぶつかる音に、3人とも巻き込まれまいと後方へ下がった。

「ウンディーネ……!」

ラベンダが上空を睨（にら）みつけながら叫ぶ。

視線の先には、透き通るような水の肌をした女性……水の大妖精（アークフェイ）ウンディーネが3人を見下ろしていた。

「頭は冷えた？」

ウンディーネは告げる。

ヴァンとラベンダはウンディーネを睨みつけるが……。

「ああ、落ち着いた」

エスタは息を吐きだし、槍を下げる。

「エスタさん!!」

ヴァンは戦いをやめたことを非難する声を上げた。

まだ戦いたい、ヴァンはそう思っていた。

「いや、戦いは終わりだ……見ろ」

肩を落としたエスタが言った。

周囲を見れば、そこには無残に破壊された森がある。

「この地に生きる者の代表として、あなた達が戦うことをこの私が認めない」

ウンディーネは言い放つ。

「はっ！ たかが水の大妖精ごときが、この私に立ちはだかるつもり!?」

ラベンダが上空へと飛び上がり、ウンディーネと対峙した。

「ウンディーネは始原の眷属だから？ 偉そうに！」

「そういうあなたは破滅の真祖、偉そうなのも当然といった様子ね。でもあなたのようなモノがそのような可愛らしい姿に身をやつすことがありえるとは、とても楽しいことだわ」

「あんた……！」

「あら、可愛いお顔が台無しね。愛しのヴァンに本性を知られるのがそんなに怖い？」

「殺す!!」

ラベンダが魔法を発動しようとした瞬間。

「え」

ラベンダの体を投げ槍が貫いた。

「が、は……！」

「ラベンダ!!」

落下したラベンダをヴァンは受け止める。

「この程度……」

「ええ、その体を砕かれた程度ではあなたは死なないでしょう。でも、そうなればあなたはその可愛らしい姿を保てなくなる」

「……!!」

ラベンダは血走った目でまた魔法を使おうとするが……。

「がっ⁉」

ラベンダ達を覆う風の結界を貫いて再び投げ槍がヴァンの手のひらごとラベンダを貫いた。

「これは……あいつか」

ヴァンは直感した。

これはあの時、ヴァンを敗北させた少女によるもの。

アレを倒すことが『勇者』としての自分の役割だと天啓を受けたものだ。

気配は感じない……気配を隠す能力も高いのだろう。

だが投げ槍(ジャベリン)の方向から、この視線の先にいることは分かっている。

戦いたい……!!!!!!

「ヴァン……!」

ヴァンの手のひらの中、ヴァンの血と自らの血の中に倒れラベンダは苦しそうにあえいだ。ヴァンはラベンダに視線を落とし、その体温を感じ、それからゆっくりと口を開く。

「分かった、ここは退くよ」

ヴァンは剣を収めそう言った。

第五章　勇者の挑戦

夕暮れ、妖精の集落。

アルベールは妖精のベッドの上で穏やかに眠っている。

「うん、体の傷は完全に癒えている。エスタの魔法は傷の奥までしっかり届いていたよ」

アルベールの体を診察していた俺は、不安そうにしていたエスタに言った。

「しかし目をさまさないのはなぜだ、レッド」

「あとは気力の問題だな。ヴァンとの戦いは壮絶なものだったんだろう？　限界を超えて気力を振り絞ったんだ、アルベールにはもう少し休む時間が必要だ」

「そうか、良かった」

エスタはホッとした様子で息を吐いた。

「ルーティもよく気がついたな」

「うん」

今回のヴァンの行動は突然のことだった。

何の前触れもなく、ヴァンはラベンダと共に行動を開始した。

ヴァンの動きを監視していたヤランドララも、ヴァンが俺達やルーティの所へ向かっている様子もなかった為、警戒のみで対応できなかったのだ。

ヴァンが町の外へ出たのを知っても、エスタに報告するだけだった。この時点ではヴァンが異常な状態にあると見抜けなかった。

そしてエスタがヴァンの後を追い、あの戦いが起こってしまった。

ただ1人、ルーティだけはヴァンの行動に何かを感じたようで、独自にヴァンの後を追い、そこでフェアリードラゴンのクルクルを保護したウンディーネと合流し、彼女を援護する形でヴァン達を撤退させることに成功した。

その後、ウンディーネとルーティはアルベールを妖精の集落で保護し、エスタは一度ゾルタンへ向かい俺達に状況を説明した後、俺、リット、ティセ、ダナン、ヤランドララの全員と共にこの妖精の集落へと移動したのだった。

この部屋にいない俺とルーティ、エスタとアルベール以外の仲間達には、集落の周囲を警戒してもらっている。

「確証は何もなかった、ただの勘」

ルーティが1人動いたのは、『勇者』だからこそ分かる何かがあって、それを無意識のうちに勘として感じたのかも知れない。

「ルーティが正しかったな」

「ええ、私もルーティちゃんがいなければどうなっていたか」

部屋の主であるウンディーネはそう言って笑った。

「姿も、『勇者』の魔法も見せずに攻撃するしか無かったから、ウンディーネがいて助かった」

「ふふ、私達の連係プレイというわけね」

ウンディーネは楽しそうにルーティの手を握ったりなでたりしている。

ルーティはちょっとだけ迷惑そうな表情をしていた。

「アノ……」

「ん？」

声がした。

小さなドラゴンの顔が部屋を覗き込んでいる。

「クルクルル」

「ボウケンシャサンダイジョウブ？」

「その仮面を被ったお姉さんが治してくれたから大丈夫、疲れて眠っているだけだよ」

不安そうなクルクルルを励ますように俺は明るく答えた。

「クルクルル、さぁあなたの英雄のところへおいで」

ウンディーネが手招きするとクルクルは蝶の羽をパタパタ動かし、アルベールの枕元へと降りた。

「アリガトウ、ボウケンシャサン、アリガトウ」

クルクルはアルベールの頰に頭を添え、御礼の言葉を何度も繰り返していた。

あの小さな命を救ったのは、間違いなくアルベールの功績だ。

「分かっていたさ、アルベールが英雄だってことは」

ゾルタンのBランク冒険者だった頃から、俺はアルベールが英雄に必要な素質を持っていたことを知っていた。

その素質がこうして花開いたことを嬉しく思う。

「そうだ、アルベールは英雄だ……だが私は……」

「エスタ？」

エスタは小声でそうつぶやくと、ふらりと部屋を出ていってしまった。

……後を追って少し話をするか。

＊　＊　＊

「エスタ」

エスタは隣の部屋で窓の外を眺めていた。

水の膜で形作られた窓の向こうでは、リットの周りを妖精達がクルクル飛び回って遊んでいる。

よく見ると、飛び回っているフェアリードラゴンの背中にうげうげさんが乗っかっている。

うげうげさんは小枝をランスのように構え、くるみの殻の兜を被って「キリッ！」とした顔をしていた……伝説の妖精騎士のようだ。

「ふふっ、面白い蜘蛛だよ。昔の私はうげうげさんのこともよく見えていなかった」

エスタは微笑みながら言った。

「昔は見えていなかったことが、今では多く見えるようになった」

「良いことじゃないか」

「……そうだと私も思っていた。だが私は今日、生まれて初めて怒りで我を忘れた」

エスタは苦しそうに言葉を続ける。

「アルベールがヴァンと戦闘になる可能性も考えていた。アルベールを治療し、ヴァンを叱咤し、それから帰還する。そういう行動を取るつもりだった……だが私が予想していたよりずっと重傷のアルベール……死にかけていた彼を見たら私は……」

「止められなかったか？」

「私は恐ろしくなった」

エスタは窓の外から見えないように位置を変え、顔の仮面を取った。

彼女の目には、涙を流した跡があった。

「私はアルベールを失うのが恐ろしかった、今も考えるだけで胸が張り裂けそうになる。ルーティに『勇者』を続けさせるために、君を殺そうとすらした私がだ……その変化が何より怖い」

「怖いか」

「ああ、いつか私はまた間違えてしまうのではないか、それも今度は取り返しのつかない間違いを……」

「じゃあアルベールへの感情を忘れるか？」

俺の言葉にエスタは肩を震わせた。

「……レッドならどうする？」

「俺の場合はリットへの感情を忘れるかということになるな……まぁ。そんなの決まっている」

俺は笑った。

「忘れるわけがない、この感情は何よりも価値のあるものだ。この感情とどう向き合うかを考えることはあっても、忘れるなんてできるはずがない」

「そうか……そうだな」

迷いのない答え。

エスタの頬が緩み、笑みがこぼれた。

「私も忘れられそうにない」

「だったら良いじゃないか！　この感情は加護とは何の関係もない、俺達の心から湧き上がる感情のはずだ」

「加護とは関係のない感情か……ふふっ、レッド達と出会ったせいで、私はすっかり不良聖職者になってしまった」

「枢機卿のリュブだって女好きだったろう」

「あいつと一緒にするな！」

俺達は声を上げて笑った。

「……まぁそういえば」

俺はふと思いついて言う。

「ん、どうしたレッド？」

「お互い初恋が遅いな」

「……何を言い出すかと思えば……全くだな」

「ナニナニ？　オモシロイコトアッタ？」

また笑う俺達に、外の妖精達が何が起こっているのか気になって窓のそばに集まっている。

フェアリードラゴンの背に乗ったうげうげさんは、笑っているエスタを見て嬉しそうに飛び跳ねていた。

＊　＊　＊

ゾルタン中央区の宿。

リュブはイライラした様子で部屋の中を意味もなく歩き回っている。

「一体何がどうなっているんだ、私の勇者はどうなってしまったのだ」

ヴァンがアルベールを襲い、エスタと戦闘になったと聞いて、さすがのリュブも驚き言葉を失ってしまった。

『勇者』の成長を待ち、教会の戦力共に万全の態勢で魔王軍と戦い勝利する。

リュブの目的は魔王を倒したその先にある。

教会の最高権力者、すなわちこの大陸にいる者達の頂点、教父の座を得ることだ。

教父は枢機卿達による選挙で決まる。後ろ盾の弱いリュブは今のままじゃ教父になることはまず望みがないが、魔王を倒した勇者のパーティーとなれば話は別。

リュブが神の代理人となることを誰も阻めないだろう。

……どこで間違ってしまった？

「だがまだ修正は可能だ」

最悪エスタを切り捨てることになったとしても、『勇者』さえいれば取り返せる。

「そうだ、あのダナンとギデオンをパーティーに加えるのはどうだ？　どちらも『勇者』の戦いについていけなくなったポンコツだが、当座の仲間としては十分だろう」

リュブは自分の思いつきに満足していた。

その時リュブの部屋の扉から、ノックの音がした。

「リュブさん」

「ヴァンか、どうした？」

「連絡したいことがあります」

「連絡？」

リュブはこれ以上何が起こったのかと不安になりながら扉を開ける。

そこには旅の準備を整えたヴァンとラベンダがいた。

「ヴァン君、その格好は一体……」

「リュブさん、僕はゾルタンから離れることにしました」

「お、おおっ！　ようやく分かってくれたか！」

リュブは笑って頷いた。

「賢明な判断だ、加護レベルを上げる敵なら私がいくらでも見つけてあげるのだから。エスタを失ったのは残念だが代わりの当てはある、私に任せておきなさい」

上機嫌に話すリュブ。

だがヴァンはリュブの言葉には反応せず、ただ自分の言葉を続けた。

「これからウンディーネの住処に行きます」

「何？」

「そこで妖精達を全員殺します。そこにはエスタさんやギデオンさんもいるのでみんな殺します」

「ヴァン……君は何を言って……」

「そうすればきっと古代エルフの遺産も出てくるので殺します。もし出てこなければ、出てくるまでゾルタンを破壊します。古代エルフの遺産を殺したら、それからゾルタンを出ていきます」

「落ち着くんだヴァン君！　君は『勇者』なのだぞ⁉」

リュブは慌てて『勇者』の道を説く。

だがそれに対するヴァンの答えは。

「あ……」

リュブは腹部に熱を感じた。

視線を下げると、赤く染まった自分の服が見える。

「あ、ヴァン……なぜ……」

リュブの体が揺れ、大きな音を立てて床へと倒れる。

ヴァンの手にはリュブが与えた聖剣のレプリカが握られていた。

その刃から赤いリュブの血が、ピチャン、ピチャンと音を立て床に落ちていく。

「リュブさん、僕はもう『勇者』の衝動を感じないんです。『勇者』としてどうするべきか、加護が教えてくれないんです」

血溜まりに倒れたリュブは、最後の力を振り絞ってヴァンの顔を見た。

その顔は空ろだった。

修正できる場所なら、もうとっくに通り過ぎてしまったことをリュブは理解する。

「だから『勇者』が最後に望んだこと……あの少女を……それに僕の邪魔をする悪をすべて殺します」

リュブはもう答えない。

広がっていくリュブの血をじっと見つめるヴァン。

ラベンダは、ヴァンの頬にそっと寄り添った。

「ヴァン……私はずっとヴァンの味方だからね」

このままいけばヴァンは破滅する。

それでもラベンダは、ヴァンを肯定すると決めていた。

それが恋だとラベンダは信じているのだから。

＊　＊　＊

1時間後。妖精の集落。

眠っているアルベールを除く全員が集まってこれからのことを話し合っていた。

「ヴァンが来る」

俺の言葉に、全員が真剣な面持ちで頷いた。

「ここにはウンディーネの結界が張ってあるが、ヴァンとラベンダなら突破できるだろう」

「そうね、ラベンダは私より格上の妖精よ」

「水の大妖精(アークフェイ)より格上の妖精……」

世界を構成する四大属性の一角である水を司(つかさど)るウンディーネ。

加護レベルによってウンディーネより強い者はいるだろうが、妖精としてウンディーネより格上となると、考えられるのはごく一部となる。

「ねぇウンディーネさん」

「なぁに？」

リットは手を挙げてウンディーネに質問した。

「ラベンダの正体ってずばり何なの？」

リットの言葉に、ウンディーネは少しだけ悩む素振りを見せる。

「あの子が黙っているのに、私が正体を明かすのも悪いかなと思ったけれど、今はそんな場合じゃないわよね……うん、答えてあげる」

ラベンダの正体……俺とリットは思わず身を乗り出した。

「彼女の正体、それは災害」

「災害？」

「ラベンダの本当の名は災害の大妖精（アークフェイ）ケートゥ。大抵の妖精が自然の一部であり、動植物の命を育（はぐく）む性質を持つの。でもラベンダは純粋な破壊と力に属する存在なの」

災害の大妖精（アークフェイ）ケートゥ？

そんな妖精、俺も聞いたことがない。

「災害の大妖精（アークフェイ）ケートゥは、この星が生まれた頃から災いとして世界を暴れまわっていたわ。けれど高度な文明を持つに至った竜（ドラゴン）と古代エルフによって殲滅（せんめつ）され、今では彼女しか残っていないの。ウッドエルフの時代にはもうすでにジャングルの奥地で静かに暮らし、誰かにその力を見せることも無くなっていた」

「それで王都の図書館にも全く記録が無かったのか」

それはもう伝説ですらない、神話の存在だ。

伝説の勇者と、神話の妖精。

「マジかよ、そんな面白そうなヤツだったのか」

ダナンはワクワクした様子で言った。

こっちはますます憂鬱（ゆううつ）になったというのに。

「……ひとまずそれは置いておいて」

ティセが俺を見て口を開く。

「ヴァンとラベンダが襲撃してくるとして……どうします？」

「……ヴァンとの交渉は今回が3回目、決着だ」

「交渉って……ヴァンさんはウンディーネさん達を殺そうと来るんですよ⁉　もう交渉の余地なんて無いと思います！」

「確かにそうだな、戦いになる……」

そこで俺はダナンとエスタを見た。

2人と出会った時のことを思い出す。

「ダナンもエスタも、仲間になる前に一度戦ったな」

2人は驚いた後、過去の戦いを思い出したのか笑った。

「リットも、ルーティと闘技場で戦っているな」

「あったねぇ、私の場合は一方的に負けちゃったけど……」

ダナンとは格闘大会で。

町に潜伏しているデーモンを捜すため、俺が大会に参加し、ルーティ達がその間に領主の城や町の重要拠点を調べるという目的だった。

その決勝で戦ったのがダナンで、決勝の後共にデーモンと戦ったことが、ダナンが仲間になるきっかけだった。

エスタとはラストウォール大聖砦で。

勇者ルーティを脅威だと認識した魔王軍は教会の枢機卿を操り、ルーティを勇者を詐称する異端者だとして処刑しようとした。

教会の聖堂騎士であり指南役だったエスタは、教会側として俺達の前に立ちはだかった。

だが戦いを通してエスタはルーティが『勇者』だと確信し、教会の命令を無視して俺達に協力したのだ。

「……なんかそういうみんなの深い事情を聞いていると、ただルーティのメンツを潰してやろうって闘技場で喧嘩をふっかけた私が小物みたいに思えるなぁ」

「小物みたいじゃなくてあれは小物だった」

「ぐはぁ」

ルーティの容赦のない指摘にリットはダメージを受けて突っ伏した。

「うぅ、酷いなぁ」

「あの時色々言われたお返し」

「それを言われると返す言葉もない」

リットとルーティは一緒になって笑った。

あの時戦った2人も、こうして遠慮なく言葉をかわして笑い合えるようになったのだ。

「まさか、ヴァンとも戦ったら分かり合えるとか言い出すつもりですか？」

ティセの声には非難するような響きがある。

「もし、レッドさんがそう思っているのだとしたらあまりにも楽観的過ぎます」

「確かに、以前のヴァンなら戦ったって何も変わらなかっただろう……だが、今のヴァンなら勝機はある」

「勝機ですか？　私には暴走しているようにしか思えません」

「そうだ暴走だ、迷わなかった『勇者』が迷っている」

ヴァンは加護への信仰という正義によって様々な問題を起こしてきたが、それでも誰も傷つけていない弱い妖精を倒すために、仲間であるアルベールを攻撃するというのは、『勇者』の役割から外れている。

今のヴァンは、神の求める『勇者』の役割からも外れているのだ。

「それだけ迷っているということだ。今ならヴァンに俺の言葉が届く、あの極端な考え方を変えられる」

「でも……」

「私はレッドを信じるわ」

「もし失敗した時は私がフォローする。だからお兄ちゃんに任せて欲しい」

　リットとルーティに言われ、ティセはフッと微笑んだ。

「そうですね、レッドさんのことを信頼しているお2人がそう言うのなら私も信じるしかありませんね……それで、レッドさん、具体的にどう戦うつもりですか？」

「そのことで、みんなに頼みたいことがあるんだ」

「おう、俺にできることならなんでもしてやるぜ！」

「俺とヴァンの一騎打ちで決着をつける。だからラベンダが介入してこようとしたら止めて欲しい」

「一騎打ちだと？　いくらレッドでもそりゃ無茶だろ」

「ヴァンは強く勝敗に絶対はない、だから確実に勝てるとは言わないが……俺は勝つよ」

「レッドがそう言うときは全部上手くいったよね」

　リットが俺の手をギュッと握る。

「ラベンダは任せて、私達で何としてでも止める」

「ああ、任せた」

さぁ、最後の戦いだ！

＊　＊　＊

空を黒く分厚い雲が覆う。
「消し飛べ」
ラベンダは凶暴な笑みを浮かべて言った。
ウンディーネの住む湖の辺りを、無数の稲妻、竜巻、砂嵐が襲う。
湖を守っていた霧の結界は一瞬で霧散した。それほど強力無比なエネルギーの奔流。
放たれる魔力の強大さに、ラベンダの体に無数のヒビが走る。
だがそれはラベンダを苦しめているのではない。
本質を縛る鎖が砕けようとしているのだ。
嵐が収まり、土煙が晴れる。
「……ふん、こないだのヤツがいるわね」
そこには何事もなかったかのように無傷の湖。
ルーティのセイクリッドシールドは、ラベンダの破壊の魔法を防ぎきった。

俺、リット、ティセ、ダナン、ヤランドララ、エスタ、そしてルーティの7人は、集落の前に立ちヴァンを睨む。

「ようやく会えた」

ルーティを見てヴァンは嬉しそうに笑った。

「随分遠回りして、僕は何が何だか分からなくなってしまった……でもきっと、君を殺せば僕は『勇者』に戻れる」

「………………」

ルーティはヴァンの言葉に冷たい視線で応じる。

会話をする気はないようだ。

「僕は『勇者』だ……何か言うことはないの？」

ヴァンはルーティに言葉を求めた。

以前のヴァンなら考えられない行動だ。

「ヴァン」

ルーティではなく俺が声をかける。

「ギデオンさん、僕にもようやく分かったよ」

「………………」

「彼女が『勇者』ルーティなんだね！」

ついにヴァンは勇者ルーティへとたどり着いてしまった。

「これはデミス様が与えてくださった運命だ！　僕が真の『勇者』となるために、古くなった『勇者』を倒さなければならないということだ！　勇者ルーティが積み上げてきた力を僕が受け継ぎ、『勇者』ヴァンが世界を救うんだ！」

ヴァンは興奮している。

だが……それは空っぽな激情だ。

俺はヴァンへと歩き近づく。

「ヴァン、自分の意志で話せ」

「ギデオンさん、一体何を言って……」

「何をすればいいのか分からなくなって、それで無理やり目の前の物事に意味をつけているだけの言葉だ、『勇者』としても、聖職者としても、ヴァンという人間にとってもだ」

「そんなことはない！」

「ある！　その証拠にお前の中の『勇者』はなんと言っている！」

「ルーティを倒せと言っている！」

「そんな衝動など感じていないのだろう！」

ヴァンが剣を構えた。

ヴァンは叫んだ。

凄まじい殺意が俺へと向けられる。

「『導き手』として、お前の迷いを導いてやろう」

俺は殺意に表情を変えること無くそう言い放った。

「ギデオンさんと話してからだ、僕がこうなってしまったのは」

「そうか」

「迷うのは苦しいよ、自分が自分でなくなってしまうようだ」

「そうだな」

「……だからもう、ギデオンさんと話すことはない。ここで殺してこの苦しさから解放してもらう」

「ヴァン、お前は狭い世界で生きてきた。迷うことのない信仰の世界だ。だがな、人間、生きていれば迷うことくらいある……勇者なら迷う苦しみから逃げるな」

「……!!」

「魔王軍と戦っていた俺達が迷っていないとでも思っていたのか？　何度も迷ったさ、本当にこれでいいのか、この判断を信じていいのか、何度も何度も迷い、時には後悔で胸をかきむしったこともある……それでも勇者なら迷うことから逃げてはいけない」

「でも勇者ルーティは迷わなかったはずだろ！」

「ルーティも迷っていたし苦しんでいたさ……それでも迷いから逃げなかったから、人々に伝わる物語の中の勇者ルーティは迷わなかったんだ」

「信じない！　『勇者』なら迷わない！　それが神が僕達に与えた役割だ！」

「違うな、ルーティと共に戦った人々が希望を見出したのは、ルーティの加護が『勇者』だったからじゃない、迷いから逃げなかったからだ！」

「逃げなかった？」

「どれほど苦しくとも逃げずに自分の意志で進むこと、それを人は勇気と呼ぶんだ」

ヴァンの顔にははっきりと怒りの表情が見えた。

「勇気？　『勇者』は恐怖に完全耐性を持つ……それで十分じゃないか!?」

俺は外套を脱ぎ、外套の裏に差していた二振り目の銅の剣をヴァンに向かって投げる。

「何のつもりだ？」

「ヴァン、一騎打ちだ。その剣を取れ」

「これは安物の銅の剣だね」

「この戦いは『勇者』と『導き手』、加護の戦いだ。対等な条件で戦おう。そうすればヴァンの迷いも消えるだろう」

「……それは、『勇者』が勝てば、僕にはもう『導き手』なんて必要ないという意味になるから」

俺は両手を広げて、魔法の装備を何も持っていないことを見せる。

「分かった」

ヴァンは聖剣を捨てた。

さらに防具を外し、魔法の指輪も護符もすべて取り去る。

「これで対等だ」

ヴァンは俺が渡した銅の剣を拾い構えた。

「よし」

俺も応じて腰の銅の剣を抜き構える。

「ヴァン！　騙（だま）されちゃダメ！」

たまらずラベンダが叫び飛び出そうとする。

「下がりなさいラベンダ」

「リット！」

リットはショーテルを突きつけラベンダを牽制（けんせい）する。

「邪魔しないで！　殺すわよ！」

「あなたこそ2人の戦いの邪魔はしないで、2人は一騎打ちで決着をつけると言ったのよ。それを邪魔する権利なんて私達にはないわ」

「うるさい！　うるさい！　私の恋を邪魔するやつなんて、みんな死んじゃえばいい！」

大きく見開かれたラベンダの目から顔全体にヒビが入る。

内側に抑えられていた巨大な存在が溢れてくるのが、離れた位置にいる俺にも分かる。

だがリットは一歩も下がらない。

「私も、私の恋は邪魔させない。相手が神話の妖精でも、魔王でも、神様にだって、私とレッドの恋を邪魔するというのなら、こうして剣を突きつけてやる！」

リットは堂々と言い放った。

元々、城を飛び出し冒険者をやるようなお転婆お姫様なのだ。

その凛々しい姿に、俺はリットに惚れ直す。

リットとみんなを信頼して、俺はヴァンへ集中しよう。

「勝負だ、ヴァン」

「振り下ろした剣を寸止めして、参りました……なんて勝負だと思っていないよね」

「もちろん、お互い動けなくなるまでの真剣勝負、寸止めしたらその隙に斬るだけだ」

「良かった！」

先にヴァンが動いた。

「この怒りをぶつけないと僕はもう止まらない!!」

ヴァンの体が視界から消える。

武技か！

「飛燕縮！」

一瞬で間合いを詰めてきたヴァンの剣が振り下ろされる。

銅の剣が刃を鳴らし、俺はヴァンの一撃を受け流す。

「武技：聖刃(ホーリーブレイド)!!」

剣を合わせた状況で、ヴァンの剣が光に包まれる。

武技をまとわせた一撃で、俺の銅の剣を破壊するつもりか。

「はぁぁ！」

「だが踏み込みが深すぎる！」

俺はヴァンの剣を左へと受け流す。

ヴァンの剣は気がはやっていた。

斬ろうという意識が強すぎて、剣を制する力が無かった。

「くっ!!」

ヴァンの肩を俺の剣が斬り裂いた。

赤い血が飛び散り、ヴァンの表情が一瞬歪(ゆが)む。

本来は肩を守る鎧(よろい)がある箇所だが、今は鎧の無い戦い。

状況が変われば太刀筋も変わるが、ヴァンには対応できない。

「ヴァンは防御が甘いな」

俺が攻めるのは、鎧に守られているはずの部分。

もともと防御を軽視する戦い方のヴァンにとって、鎧の無い状態での防御法は未知のもの。

ヴァンの剣術は神の加護のもたらすスキルに頼り切っており、人の生み出した剣術ではない。

「ぐあっ!!!」

ヴァンの体は血で赤く染まっている。俺の剣はヴァンの肌を何度も斬り裂いた。

だが倒れない。

「ライトニングオブジャッジメント!」

『勇者』はこの程度でへこたれない。

この間合いで魔法だと⁉

「うぐぅぅぅ!!!!!!」

俺は電撃で体を焼かれながら、意識を手放さないよう堪え剣を突き出す。

「あぐっ!!」

手応えがあった!

俺の剣は、魔法の発動で無防備になったヴァンの右肩を貫いた。

刃は筋肉を斬り裂き、骨まで達していた。

「うぁぁ……!!」

ヴァンの表情が歪む。

もうヴァンの右腕は動かない。

追撃したいところだが……。

「はぁはぁ……」

俺も勇者の魔法で酷いダメージを負っていた。

足が言うことを聞かず片膝をつく。

なんとか片膝をついたまま斬り上げるが、その時にはもうヴァンは間合いの外へ後退していた。

「逃がすか！」

今の俺の状態で、間合いを取られ魔法を連発されたらまずい！

俺は震える足に力を込め〝雷光の如き脚〟で追いかける。

ヴァンも限界のはず、次の一撃で勝負が決まる。

「やめろぉぉぉ!!」

ラベンダが絶叫した。

ラベンダの体から吹き出す黒い霧が、巨人のような形を形成している。

「ヴァンから離れろぉぉぉ!!」

黒い霧の手が俺へと近づいてくる。

だが俺はヴァンへと意識を集中する。

「邪魔はさせない！」

「ここは通さない」

リットとルーティがラベンダの腕を斬り裂いた。

ラベンダはリット達が必ず止めてくれる。

「はぁぁぁ!!!」

俺は裂帛の気合と共に剣を振り下ろす。

「……武技」

見開かれたヴァンの目が俺を見た。

ヴァンの左手に握られた銅の剣がブゥンと異様な振動音を立てている。

まずい！

「大旋風!!!!!!!!!」

タイミングは相打ち！

剣を振り下ろせばヴァンに致命傷を与えられるが、ヴァンの武技は俺の体を貫く！

『勇者』の命を捨てた必殺の一撃……くっ！

「おお!!!」

俺は振り下ろそうとした剣を引き戻し、斬撃の軌道に合わせて防御した。

剣が砕け、俺の体から血が吹き出した。

「レッド!!!」

リットが叫んでいるのが遠くに聞こえる。

足元に折れた刃が音を立てて落ちた。

「僕の勝ちだあああ!!!」

ヴァンが叫んでいる。

俺の胸から血が吹き出し、体から力が急激に抜けていった。

ラベンダの哄笑(こうしょう)が聞こえた。

「どうするリット！　助けに行かないとあなたの恋人は死ぬわよ！」

「レッド」

リットが俺を見たのが分かった。

「頑張れ！　負けないでレッド！」

リットが叫んだ。

俺は体に熱が戻ってくるのを感じた。

だがそのときにはもう、銅の剣を捨てたヴァンの左手が俺の腕に触れる。

「これで終わりだ、〝癒(いや)しの手マスタリー：反転〟!!」

自分の傷を相手に押し付け全快するヴァンの切り札。

どんな逆境からでも逆転する、ヴァンの考える『勇者』の姿を体現した必勝型だ。

ヴァンの体が『勇者』の加護の力で光り輝いた。

「勝った！」

ヴァンの顔が勝ち誇った。

だが。

「それを待っていた」

〝癒しの手〟の輝きが俺の体からも放たれ、ヴァンの輝きがかき消えた。

「スキル相殺⁉」

スキル相殺とは、同一のスキル同士をぶつけスキルを無効化する技術だ。

とはいえ実戦で使える機会はあまり多くない。

なぜなら相殺するのは同じ加護のスキルでなくてはならないからだ。

つまり『魔法使い』のファイアーボールを『賢者』のファイアーボールで相殺することはできない。

物理現象となる前の、加護の動きを相殺する技術なのだ。

「事前にルーティから〝癒しの手〟の力を込めてもらっていたんだ」

相殺できるのは一度だけ。

だがその一度は、ヴァンの必勝型を崩す一度。

勝利を確信していたヴァンはすでに剣を捨て、身を守る残心すら無かった。

「俺の勝ちだ!!!」

隙だらけのヴァンへ、俺は折れた銅の剣を振り下ろす。

剣はヴァンの体に深く食い込み止まった。

「か……は……」

致命傷。

傷口から血が吹き出し、ヴァンの体が崩れ落ちる。

「……この勝負は『勇者』と『導き手』だけで決めるんじゃなかったのか」

「そんなもの詭弁に決まっているだろ。それに使っているのは同じ銅の剣だが、ヴァンと違って俺はこの剣を使い慣れている。鎧を着ていない状況での戦闘もだ。最初から対等なんかじゃなかった、すべては俺がヴァンに勝つためだ」

「くそ……卑怯だ……」

「ヴァン、お前は根本的に勘違いをしている。俺が『導き手』だからとか、お前が『勇者』だからとか、そんなことを考えているから負けたんだ」

「……意味が分からないよ」

「これはレッドとヴァンという2人の人間の戦いだ。加護は俺達の一部でしかない、それを分からず加護だけを見ていたからこうなった」

「……くそ、くそ、くそ」

ヴァンの口から言葉が漏れている。

「ヴァン、迷いは晴れたか」

「……は？」

「お前を迷わせていたものの正体がその感情だ」

「この怒りが何だって言うんだ」

「怒りは結果だ、原因じゃない。俺が言っているのはお前が俺に怒りを感じている理由だよ」

「……僕は」

「悔しいんだろ？」

「……!!」

ヴァンの動きが止まった。

愕然（がくぜん）とした様子で目を見開き、意識を失うことを拒否していた気力が答えを得てしぼんでいくのが見て取れた。

「きっかけは『導き手』と『勇者』の役割の関係だったんだろうが、海辺でシーボギーと戦った時、お前は俺に敗北感をおぼえた。自分一人じゃ子供を救えなかったと思ってしまった。子供からの賞賛が、自分に向けられるべきものじゃないと思ってしまった……あの

瞬間、お前の心の中に悔しいという感情が生まれたんだ」

だがヴァンは悔しいという感情を知らなかった。

静かに閉じた世界の中で信仰に生きてきたヴァンにとって、激しく燃えるような感情は未知のものだった。

知らないものを受け入れることはできない、ヴァンの心の中で消えない痛みとして悔しさはくすぶり続け……爆発した。

「悔し……い……？」

「夢の中でよく考えてくれ……目を覚ましたらまた話をしよう」

ヴァンの体が沈んだ、意識を失ったか。

「ふぅぅ……」

俺は深く息を吐くと、地面に座り込んだ。

「あー、痛い、死にそう……『勇者』と戦うのはしんどい」

血の流れる傷がズキズキと痛む。

あの捨て身の〝大旋風〟はやばかった。

ヴァンの剣が銅の剣じゃなかったら死んでたな。

やはり『勇者』は強い、これだけ俺が有利な状況に持ち込んでギリギリだ。

「お兄ちゃん！」

「レッド！」

ルーティとリットが駆け寄ってくるのが分かった。

このあとの動きは伝えてあるし、あとは任せるか。

「ヴァン、騎士ってのは結構ずるいこともするもんだ」

俺は倒れているヴァンに向けて笑って言った。

「実はこの戦い引き分けだったんだよ、俺の方が倒れるまでに時間がかかっただけだ」

この戦い、俺は色々仕掛けたが、最大の詭弁は引き分けの戦いを、勝ったように見せかけたことだろう。

本当……二度とこういう戦いはしたくないものだな。

失血で意識が遠のいていくのを感じながら、俺はそんなことを思っていた。

エピローグ　決着、次の旅へ

「ここは……」

目を開けたヴァンが見たのは美しい曲線を描く天井だった。

「……!?」

ヴァンが最初に気がついたのはベッドで横になっている自分の体が縛られていることだ。

指もしっかりと固定されており、印を組んで魔法を使うこともできない。

「ヴァン!!」

ヴァンの頬へと小さな影がすがりついた。

「ラベンダ……」

ラベンダも細縄で両腕を縛られている。

いつものようにヴァンに抱きつくことはできないので、ラベンダはヴァンの頬に自分の小さな頬を擦り付け無事を喜んでいた。

頬から感じるラベンダの体温の温かさに、ヴァンは心地よさを感じる。

これまでそんなことを思ったことは無かったのに。

「気が付きましたか」

ヴァンが顔を上げると、そこには木のトレイを持ったアルベールが立っていた。

「水と痛み止めです」

枕元に置かれたトレイには、コップと粉薬が置いてあった。

「ケチケチせずに〝癒しの手〟を使わせてよ！　傷跡が残ったらどうするつもりなのよ！」

「そんなこと言われても、全快して暴れられたら大変じゃないですか」

ぎゃあぎゃあと怒るラベンダを横目にアルベールは手慣れた様子でヴァンに薬を飲ませる。

「エスタさんの従者として戦場にいたときに、負傷者の介護のやり方はおぼえましたから」

「ありがとう」

ヴァンはお礼を言いながら、アルベールと視線が合うと肩を震わせた。

アルベールはヴァンの様子を見て微笑んだ。

「悪いことをしたと思ってくれるんですね」

「……僕が憎くはないの？」

「全然」

アルベールの表情は爽やかなものだった。

「だけど痛かったでしょ？」

「そりゃもう死ぬほど痛かったですよ」

アルベールは苦笑いを漏らす。

それから立ち上がると、部屋から退出するためドアまで歩き振り返る。

「でも勝ったのは俺でしたから」

唖然としているヴァンを見て、アルベールは頭を下げるとそのまま部屋を出ていった。

「何よあいつ！」

憤慨するラベンダ。

ヴァンはじっと考え込む。

「……アルベールがやったことは正しい。アルベールが僕を止めてくれなければ、僕は『勇者』でなくなるところだった……なのに」

ヴァンは自分の感情を口にする。

「悔しい？　僕は負けたことが悔しいの？」

「ヴァン……」

今まで見たこともない困惑した表情のヴァンを見て、ラベンダは心配そうに彼の名を口にした。

＊　　＊　　＊

「何よこのロープ！　私の力でも全然切れないなんてどうなってるのよ！」

「大人しくしているな、感心感心」

俺の顔を見て、ラベンダはキーキーと暴れている。

「古い時代にウッドエルフの魔術師が、北海の魔鯨(バケクジラ)を縛るために作ったロープだ。そう簡単には切れないさ」

「そんなもの持っているなんてずるい！」

リット達と戦っていた時のラベンダは恐ろしかったが、今は無邪気な妖精(ようせい)としての姿と性格を保っている。

ヴァンに危険がないと理解しているからだろう。

これなら大丈夫か。

「というわけでラベンダ。俺はヴァンと話があるから、君は別の部屋で待っていてくれ」

「はぁ!?」

「ヴァンの迷いを終わらせるためにも、2人だけで話す必要がある」

「うぅ……」

ラベンダはちらりとヴァンの顔を見た。

ヴァンがコクリと頷いたのを見て、「はぁ」とため息をつく。

「分かったわよ……でもヴァンを傷つけたら承知しないからね」

「戦いはもう十分やっただろう」

縛られたまま、ラベンダはピョンとベッドから飛び降り、俺のことをキッと睨みつけてから、堂々と部屋の外へと歩いていった。

「縛られているとは思えない力強さだな」

ラベンダの堂々とした姿に感心しながら、俺は部屋の扉を閉めた。

「さて」

俺はヴァンのベッドの隣に椅子を置いて座った。

「気分はどうだ？」

「……あまり良くない」

ヴァンの口調にはトゲトゲしさ……感情がある。

良い兆候だ。

「そうだな、負けたくない相手に負けた後は気分が悪いもんだ」

「勝った相手がそれ言うんだ」

俺は声を出して笑った。

ヴァンもつられて少し笑ったようだ。

「ギデオンさんは卑怯だ」

「どうしても勝ちたかったからな」

「……もう一度戦いたい」

「今回はたまたまどちらも生き残ったが、戦いに次こそなんて無いだろ」

「……それ、僕との戦いを避けるための方便だよね」

「分かってきたじゃないか」

今度ははっきりと、ヴァンは声を出して笑った。

「これまでずっと悔しさなんて感じなかったのに、僕は『勇者』失格なのかな」

「衝動はどうだ？」

「……起きた時には戻ってきてた。だからもうこの集落を破壊しようなんて気持ちは起こらない」

多分、怒りの感情で加護の衝動が機能停止していたのだろう。

普通はそんなこと起こらないのだが……俺はルーティという前例を知っている。

「だったら『勇者』だろ？　加護がその命に宿っている限り、神様が与えた役割が消えることはない、それが教会の教えだ」

ヴァンは納得できないという表情をしていた。

教会の教えに従ってきたヴァンが、他ならぬ自分自身が『勇者』に相応しくないと思ってしまっているのだ。

だが、それこそが勇者であるということ。

「ヴァン、勇者ってのは〝ある〟じゃない。勇者で〝あろう〟とする者こそが勇者なんだ」

「あろうとする者？」

アスラデーモンのシサンダンが言った言葉だ。

敵の言葉を借りるのはしゃくだが、初代勇者はアスラデーモンだった。

同族のシサンダンは真の勇者を知る者だ。

「『勇者』の加護を宿しているから勇者なのではない。どうすれば勇者となれるのか、自分の頭で考え、ときには他人の意見を取り入れ、何度も迷いながらそれでも勇者であろうと先へと進もうとする者が勇者なんだ」

「だったら僕はどうすれば……」

「ヴァンに足りないモノが何なのか俺には分かるぞ」

「え……？」

「師だ」

ヴァンは呆然としている。

予想外の答えだったのだろう。

「ヴァンは信仰ばかりに目を向けていたせいで、人として知るべき知識が足りていない」

「人として知るべき知識……」

「優れた剣には哲学がある、ヴァンの剣にはそれがないんだ。哲学は人として多くを見て、多くを感じて、多くを考え育んでいくもの」

「哲学を育む？」

「ヴァンの世界は狭すぎる、だから剣も鋭いが薄っぺらい……それで俺に負けたんだ」

「……薄っぺらい」

「自分の強さを押し付けるだけのワンパターン。返し技を用意してやれば簡単に崩せる剣だな」

「むぅ」

少年らしい表情で、ヴァンは不機嫌になった。

それはこれまで超然としたヴァンには無かったありふれた表情だ。

ヴァンの『勇者』としての純粋さが失われれば、ヴァンは一時的に弱くなるだろう。

だが、人間として経験を積んだヴァンは今以上に強くなる。

その時こそ、ヴァンはルーティのような最強の勇者となるだろう。

「今度はエスタの言葉をもっと信じてみるといい。それに勇者についてだけではなく、もっとたくさんのことを話してみるといい。エスタはいろんな国々を旅し、誰も見たことのない景色を見てきた人だ。まぁ槍（やり）と剣の差はあるが、参考にはなるだろう」

「エスタさん……まだ僕と一緒に旅をしてくれるのかな」

「ヴァンが勇者であろうとするのなら、また一緒に旅をしてくれるだろう。エスタは勇者を導く者だから」

「エスタさんが勇者を導く者？」

「加護ではなく、そうありたいという意志だ。でなければ、お前みたいな手のかかる勇者と一緒に旅をしたりするもんか」

「……酷（ひど）いなぁ、でもそうなんだろうね」

ヴァンはじっと考え込んでいた。

「ギデオンさんは……あなたは僕と一緒に来てはくれないのかな」

「俺はルーティの導き手だ、他の勇者と旅をする気はないよ」

「そうだよね」

ヴァンは残念そうに首を振った。

……勇者か。

俺はこれから言う言葉を、本当に言うべきか今も迷っている。

ヴァンにゾルタンから出ていってもらうだけならこれ以上踏み込む必要はない。

エスタなら、ヴァンが話を聞いてくれさえすれば良き勇者へと導いてくれるはずだ。

だが……これから勇者として戦うヴァンに対して不誠実ではないのかという思いが、どうしても俺の中にある。

「ヴァン、俺はゾルタンから離れることはできないが……一緒に短い冒険をしないか？」

「冒険？」

「古代エルフの遺跡の調査だ」

「古代エルフって、ルーティさんを隠すための嘘じゃなかったの？」

「嘘を吐き通すためには、できるかぎり真実で塗り固めるもんだ。ゾルタンを守る古代エルフの遺産は嘘だが、古代エルフの遺跡があるのは本当だ」

「その遺跡には一体何が？」

「分からん」

「へ？」

ヴァンはキョトンとしている。

ヴァンはこれまで、事前に調べられた冒険ばかりをしてきた。

加護レベルを上げるために倒せる敵と戦い、この秘境にあると分かっているマジックアイテムを探す。

それがヴァンの冒険だった。

「だが今回は違う。一体何があるか分からないから調査するんだ」

「まぁ全く関係が無いわけじゃない、あの古代エルフの遺跡は勇者に関わるものだ」

「古代エルフの遺跡が勇者と？」

「ヴァンは勇者の証(あかし)を手に入れていないんだな」

「アヴァロニア王都近隣の古代エルフの遺跡に封印されているという秘宝だよね。でもそれはルーティさんが持っていったんじゃなかったの？」

「ああ持っていった……俺は勇者の証を封印していると伝えられていた機械が、どうやって勇者の証をルーティに差し出したのか見たんだ」

「見たってどういう意味なの」

「勇者の証は生産されていた。ルーティの手にしていた勇者の証は先代勇者が持ち帰った秘宝でも、他の勇者の伝説に書かれていた護符でもなかった。あの遺跡は新しい勇者の証を作り出しルーティに渡したんだ」

「うーん」

「そんな馬鹿なことが……」

ヴァンはショックを受けている。

先代勇者の伝説にも描かれた、『勇者』の加護を強化する秘宝。

まさかそれが古代エルフの遺跡で作られた量産品などと言われたら言葉も無くなるだろう。

「そういうわけで、古代エルフと勇者というのは関係が深いものなんだ」

「……今回の遺跡にも何かあるんですか？」

俺は一呼吸置いてから話を続けた。

「あの遺跡には〝勇者管理局〟と名付けられた区画があるんだ」

「勇者……管理局？」

ヴァンの戸惑いは当然だろう。

「一体何なんですかそれは」

「それを調べに行くんだ。古代エルフ達は『勇者』とは何か、加護とは何なのか、その答えにたどり着いたのではないかと俺は思っている」

「……答え」

ヴァンはこれから命をかけて、世界のために魔王軍と戦うのだろう。

俺はその旅についていくことはないが、その旅が悔いのないものになって欲しいとは思っている。

だから、俺は言葉を続けた。

「ヴァン……お前の『勇者』は生まれつき持っていたものじゃないんだろう？」

「!?」

ヴァンは驚き、俺の顔を見た。

その目には『勇者』によって抑えられているはずの恐怖の色が浮かんでいた。

「どうしてそれを……」

「ヴァンの『勇者』の在り方を見てたらそう思った」

ヴァンは純粋だった。

修道院という狭い世界で生きてきたとはいえ、あの苛烈な純粋さはどこから来たのか。

もちろん、もともと信心深い殉教者タイプの性格だったのだろう。

だが、それにしても『勇者』に対して純粋過ぎた。

「あれほどまで純粋ならば、ヴァンは魔王軍が現れた時点で……いや、この世界に困っている人がいる限り、加護に触れたその日に修道院を飛び出していないとおかしい。閉じた修道院の世界に『勇者』は必要ないのだから」

「それは……」

「だがヴァンは魔王軍によって故国が滅んでも動いていない、それはなぜか？」

ヴァンはうつむいた。

俺は努めて穏やかな口調で言葉を続ける。

「その可能性を考えれば、リュブがなぜヴァンを信じたのかも推測ができる」

あの利己的なリュブ枢機卿が、どうして突如現れたヴァンという無名の少年が『勇者』であると信じたのか。

「リュブは昔からヴァンのことを知っていたんだろう？　ヴァンがもともと持っていた加護は『枢機卿（カーディナル）』だ」

「ギデオンさんはすごいな……」

フランベルク王国の王子であるヴァンが、他国であるアヴァロニア王国の修道院に送られた理由。

「僕は4歳の時に加護に触れたんだ」

「早いな、加護との相性も良かったんだろう」

聖方教会の枢機卿になれるのは『枢機卿』の加護を宿しているものだけだ。

だからフランベルク王はラストウォール大聖砦（だいせいじょう）に近いアヴァロニア王国の修道院へ向かわせたのだ。

「リュブ枢機卿は未来の枢機卿候補としてヴァンを知っていた。自分の派閥に取り込もうとか、そんなことを考えていたんだろう」

「うん、『勇者』になる前に2度、リュブさんとは会っていたんだ。それで、話せば信じてくれるかと思って」

「『枢機卿』と『勇者』は全くの別物。『枢機卿』だったはずのヴァンが、『枢機卿』には使えないはずのスキルを使えば、ヴァンが特別だということは〝鑑定〟を使わなくても分かる」

加護が変化した。

その奇跡によってリュブはヴァンが『勇者』だと信じたのだ。

「これまで聖職者としての役割を持っていたヴァンは、早急に価値観を変えなければならなくなった。だからヴァンは信仰と衝動を盲信する勇者となった」

信仰に生きてきたヴァンだからこそ、神の奇跡を受け無上の喜びを感じたとともに酷い困惑にも襲われたことだろう。

これまで『枢機卿』として生きてきた人生を切り離された、全く別の『勇者』としての人生をこれから歩まなければならないのだから。

「古代エルフの遺跡に何があるかは分からない。だがあの遺跡が『勇者』に関係していたことは確かなんだ」

「『勇者』は神が作った加護。それ以外のなにものでもないはずだ……」

「だが初代勇者はアスラデーモンだった」

「……そんなことあるはずがない！　だってアスラデーモンは加護を持っていないんだから！」

ヴァンは首を横に振って言った。

「だが本当だ」

「分からない……神様が存在するのに神様が間違うなんてあるはずがないのに」

混乱するヴァンに俺は優しく声をかける。

「別に強制はしない、ただここに『勇者』とは何か答えがあるかもしれないのに、それをヴァンに伝えないのは不誠実だと思ったから伝えたんだ」

不安で唇をかみしめているヴァンを見て、俺は少しだけ心が痛くなる……こんな少年に世界の命運を背負わせるのか。

だがルーティと違ってヴァンは自ら戦うことを選んでいる。

その意志を俺が否定してはいけない。

ヴァンが勇者であろうとするのなら、俺は応援するだけだ。そうでなければいけないのだ。

「……僕も『勇者』が一体何なのか、僕の身に起こった奇跡に何の意味があるのか、それが知りたい」

「そうか、決まりだな」

俺はヴァンを縛っていたロープを解く。

ヴァンは自分の右手を胸に当て、〝癒しの手〟を使った。

「まぁ何があってもそう深刻に捉えないことだ」

「こんな話をしておいて深刻に捉えるなって無理だよ」

「ヴァンはヴァンだ。『枢機卿』だろうが『勇者』だろうが、そこは変わらない。それを忘れなければ、きっと大丈夫だ。あとついでに野営の時に剣術の基礎も教えてやるよ」

「剣術……それは楽しみだね」

ヴァンの表情には、『勇者』として人々を苦しめてきた純粋さはもうない。

『勇者』ヴァンの脅威は去ったようだ、これで目的は達成だ。

俺はヴァンが『勇者』で在る者から勇者で在ろうとする者になってくれることを願う。

そしてその人生が悔いのないものであることも。

だからもう少しだけ、俺は『勇者』ヴァンの物語に付き合うことにしたのだ。

次の目的地は勇者管理局。

あとがき

この本を手にとってくださった皆さん、ありがとうございます！　作者のざっぽんです。

このシリーズも9巻、2桁巻目前まで到達しました！　書店の本棚でもシリーズが全巻並んでいると、しっかりと存在をアピールしていて誇らしい気持ちになります。


そして！　本作のアニメが２０２１年10月から放送されます！

私も脚本会議、コンテ、アフレコ、ダビングとアニメの制作全般に、九州からリモートで参加させていただきました。

原作小説と池野先生のコミカライズから脚本ができあがり、脚本が絵コンテとなり、絵コンテから作られた台本と動画により声優さんが声を入れ、声のついたアニメに音楽や効果音を入れる。アニメが出来上がっていく過程すべてに関わることができました。

まだ絵の調整があるとのことでしたが、ダビングの時に自分の小説が、動いて喋るアニメとなったのを見たときは、制作スタッフの1人として参加していることも忘れて、ただ感動してしまいました。

ここまで参加する原作者は珍しいそうなのですが、私は監修としてよりも、アニメを一緒に作る制作スタッフの1人として参加したかったのです。アニメとして面白い作品を作りたいという目的が一致していたためか、お互いに意見を出し合える良好な関係でアニメ制作ができました。

監督の星野さんをはじめ、アニメのスタッフは皆尊敬できるクリエイターです。

アニメ化が決まった時、「アニメは幸せなことだけでなく大変な事も多い」と編集さんから心構えを説かれたのですが、私はとても幸せな原作者になれたようです。


他のメディアミックスも順調です！

コミックも7巻が発売中！　7巻は原作小説2巻のクライマックスへ突入しています！

PCゲームの制作も順調で、こちらもすごく楽しみです！

私がこうして幸せな作家となれたのも、読者の皆さんが応援してくれたからこそです。

本当にありがとうございます。

この本を読む時間が、応援してくださる皆さんにとって楽しいものでありましたら、作者としてそれ以上の喜びはありません。

また10巻でお会いしましょう！

2021年　アニメ主題歌を聴きながら　ざっぽん

イラストレーターのやすもです。
今作もよろしくお願いいたします！

真の仲間じゃないと勇者のパーティーを追い出されたので、辺境でスローライフすることにしました9

著　ざっぽん

角川スニーカー文庫　22731

2021年10月1日　初版発行

発行者　青柳昌行

発　行　株式会社KADOKAWA
〒102-8177 東京都千代田区富士見2-13-3
電話　0570-002-301（ナビダイヤル）

印刷所　株式会社暁印刷
製本所　本間製本株式会社

Printed in Japan　ISBN 978-4-04-111748-4　C0193

★ご意見、ご感想をお送りください★

〒102-8177 東京都千代田区富士見 2-13-3
株式会社KADOKAWA　角川スニーカー文庫編集部気付
「ざっぽん」先生
「やすも」先生

角川文庫発刊に際して

角川源義

第二次世界大戦の敗北は、軍事力の敗北であった以上に、私たちの若い文化力の敗退であった。私たちの文化が戦争に対して如何に無力であり、単なるあだ花に過ぎなかったかを、私たちは身を以て体験し痛感した。西洋近代文化の摂取にとって、明治以後八十年の歳月は決して短かすぎたとは言えない。にもかかわらず、近代文化の伝統を確立し、自由な批判と柔軟な良識に富む文化層として自らを形成することに私たちは失敗して来た。そしてこれは、各層への文化の普及滲透を任務とする出版人の責任でもあった。

一九四五年以来、私たちは再び振出しに戻り、第一歩から踏み出すことを余儀なくされた。これは大きな不幸ではあるが、反面、これまでの混沌・未熟・歪曲の中にあった我が国の文化に秩序と確たる基礎を齎らすためには絶好の機会でもある。角川書店は、このような祖国の文化的危機にあたり、微力をも顧みず再建の礎石たるべき抱負と決意とをもって出発したが、ここに創立以来の念願を果すべく角川文庫を発刊する。これまで刊行されたあらゆる全集叢書文庫類の長所と短所とを検討し、古今東西の不朽の典籍を、良心的編集のもとに、廉価に、そして書架にふさわしい美本として、多くのひとびとに提供しようとする。しかし私たちは徒らに百科全書的な知識のジレッタントを作ることを目的とせず、あくまで祖国の文化に秩序と再建への道を示し、この文庫を角川書店の栄ある事業として、今後永久に継続発展せしめ、学芸と教養との殿堂として大成せんことを期したい。多くの読書子の愛情ある忠言と支持とによって、この希望と抱負とを完遂せしめられんことを願う。

一九四九年五月三日